浙江少年文学新星丛书·第八辑
海　飞　主编

冒傻气的小红鼠

徐诗琪　著

浙江工商大学出版社
ZHEJIANG GONGSHANG UNIVERSITY PRESS
·杭州·

图书在版编目(CIP)数据

冒傻气的小红鼠 / 徐诗琪著. —杭州:浙江工商
大学出版社,2022.1

(浙江少年文学新星丛书 / 海飞主编. 第八辑)

ISBN 978-7-5178-4799-1

Ⅰ. ①冒… Ⅱ. ①徐… Ⅲ. ①作文—中学—选集

Ⅳ. ①H194.5

中国版本图书馆 CIP 数据核字(2022)第003152号

冒傻气的小红鼠

MAO SHAQI DE XIAO HONGSHU

徐诗琪 著

责任编辑	沈明珠	
责任校对	穆静雯	
封面设计	浙信文化	
责任印制	包建辉	
出版发行	浙江工商大学出版社	
	(杭州市教工路198号 邮政编码310012)	
	(E-mail:zjgsupress@163.com)	
	(网址:http://www.zjgsupress.com)	
	电话:0571-88904980,88831806(传真)	
排 版	杭州朝曦图文设计有限公司	
印 刷	杭州高腾印务有限公司	
开 本	880mm×1230mm 1/32	
印 张	69	
字 数	1056千	
版 印 次	2022年1月第1版 2022年1月第1次印刷	
书 号	ISBN 978-7-5178-4799-1	
定 价	448.80元(全九册)	

个人简介

　　徐诗琪，2007年出生，先后就读于浙江省龙游县机关实验幼儿园、龙游县阳光小学、金华市丽泽书院。曾获浙江省"少年文学之星"一等奖、"希望之星"英语风采大赛一等奖、"星星火炬"浙江英语口语专业个人项目金奖、"美院杯全国青少年美术创作大赛"漫画一等奖。

徐诗琪

2010 年 3 岁，公园游玩

2011 年 4 岁，海南行

2013 年 6 岁，南京、无锡留念

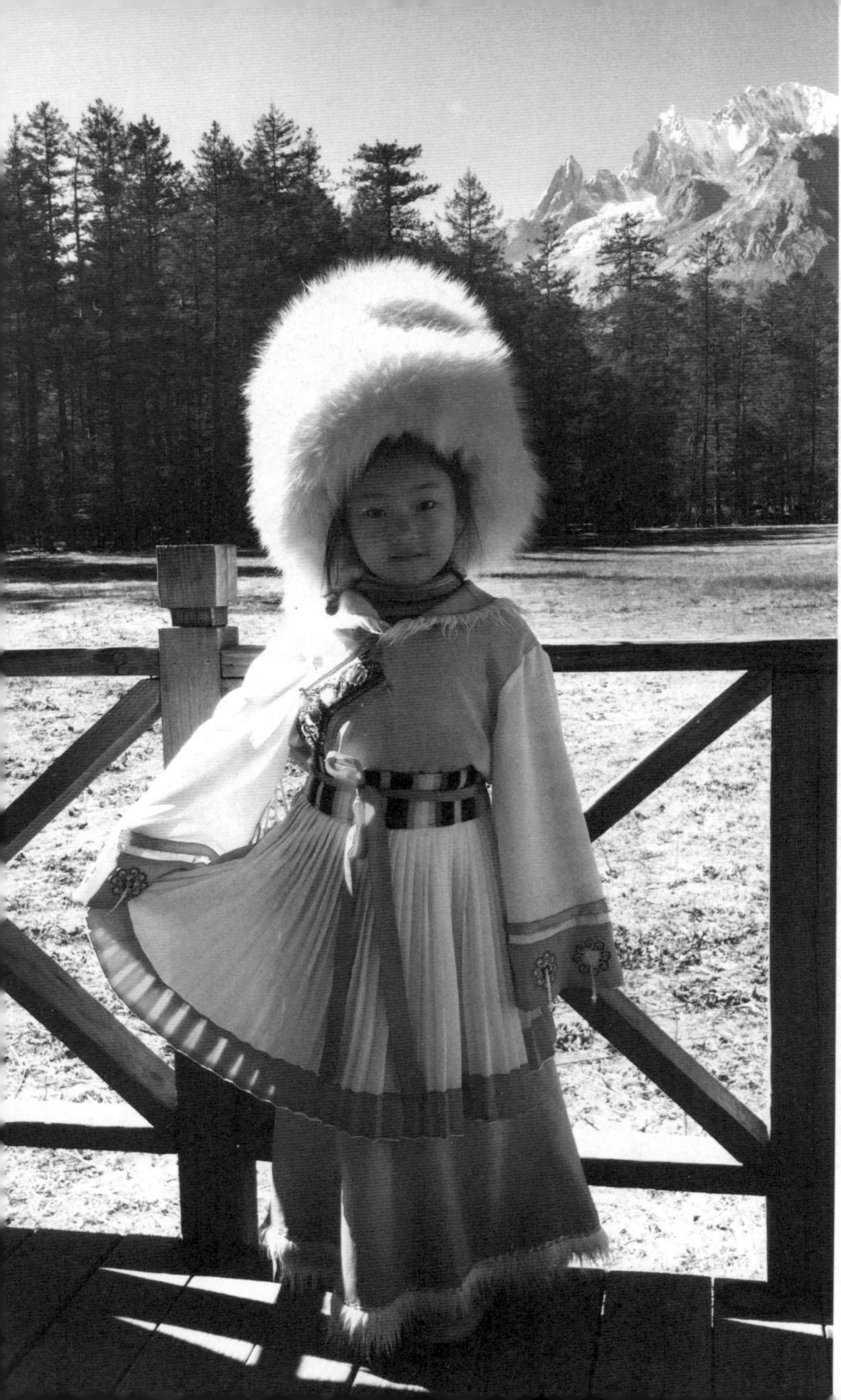

2014年7岁，云南留念

2016 年 9 岁，上海迪士尼合影

2017 年 10 岁，日常休闲

2017 年 10 岁，
重走红军路

2017 年 10 岁，
新加坡、印尼
巴厘岛留念

2018 年 11 岁
割稻子体验活动

2018 年 11 岁，
做手工

2018 年 11 岁，
哈尔滨留念

2018 年 11 岁，土耳其留念

2019年12岁,担任小学毕业典礼主持人(右三)

2020年13岁,担任初一校元旦活动主持人

2021年14岁,担任校语文素养活动主持人

2020年13岁,暑假生活留念

三年级时的书画作品《龙游翠光阁》

内容简介

　　小红鼠算不上一只优秀的小鼠，有许多小毛病，还经常因为做错事而挨批，有点像巴学园的孩子。但这只小红鼠热心、胆大、敢想敢做、责任心强，用自己的行动拯救了大家，最终她得到了大家的认可。她会发明创造，也充满奇思妙想，更用行动去证明了自己的勇敢。小说塑造了一个个性强又爱出风头，同时也富有正义感和责任感的孩子形象。

总　序
见字如你

　　斯巴福德在《小书痴》中写道，"有时候，一本书进入我们恰好准备好的心灵，就像一颗籽晶落入过饱和溶液中，忽然间，我们就变了。"而现在，在我们眼前展现的，是一群优秀的少年写作者的作品，稚嫩中有才华，笨拙中见灵性。

　　一本书，一本由孩子自己创作的书，给予我们更多的思考。文学创作本身具备的魅力正悄悄随着童年、少年、青年的自然生长期而萌芽、生长、繁衍。这种全新的生活体验，正与他们文字成长的速度同步记录和保存。我们感动于他们钟爱文学的热情，体察出他们因大量阅读文学作品而心灵丰盈、下笔生风，而由写作生发出的那种源自内心和诉诸稚嫩笔端的气息，更让我们为之动容和珍惜。真的，没有一个孩子的生活是一样的，哪怕写同一篇文章，也会有不一样的内容。《发现·世界》的作者周昊梵，在记录旅游时的见闻、和父母的亲子互动、校园难忘的经历以及对文学的思考中,就描绘了一个个美好而珍贵的周式童年缩影。但热爱文学,喜欢写作的孩子有一样是相同的,心怀美好,传递美好,想象美好,创造美好,生活和世界,均在此列。所以当一名中学生独自去到异国他乡,文学创作依然是她同行的挚友,徜徉于东西方文化碰撞下的生活环境,写下了记录留学生活的《一路行走一路歌》。"虽说世界庞大,却仍想在这纷扰喧嚣的人群中留下些许痕迹;即使文字稚嫩,也依旧想用真性情,执笔墨书写真我。"这是一直没有停下书写文字步伐的一然,作品第二次入选"浙江少年文学新星丛书"后,对文学最倾心的表白。

入选《浙江少年文学新星丛书·第八辑》的共15部作品,从内容来看,有纪实小说、国外留学生活记、个人生活旅行记、研学手记、语文单元习作的升级作品、小故事等。这些融合生活和学习故事的习作集,以校园故事、身边的人和事、父辈的追求、中国梦四大主题为主的年代感极强的作品、初具雏形的小说,让你看到一个同样的世界里不一样的心灵感悟。用文字记录生活,并没有写成流水账;想象性作品在现实基础上的对于这个世界的感知与想象既大胆又具有创新性;记录童年生活里的点点滴滴,有情怀有故事有功底，叙述平淡里有曲折，引用典故而能深发意味；习作有向作品的美好过渡和提升，有模仿痕迹但也有不同的见解。文章亦庄亦谐，亦古亦白，语言精雕细琢也有童真童趣；抒情大胆而细腻，感情恰到好处，收放自如，转折与衔接处也有刻意与盈润的笔触。比如同样是因为文学征文比赛而钟情写作的南皓仁、吕可欣，作品有各自不同的特色：南皓仁的作品《不规则图形》包含了多种文体，题材丰富多彩、文字成熟老练、想象力丰富；吕可欣在写作《春曦》时是用她的童眼去观察这个世界，用童心去感受身边的人和事，用童言来抒写她的感受。这里面有童真，童趣，有温暖人心的文字，更有来自灵魂的拷问。他们介入世界与生活的脚步有点快，又看得出有认真充足的准备，字如其人，是真的。少年的你，多少年后，你自己来读一读，还是全新的一个自我。真好！

　　我常常在想，到底是怎样的初衷，能让十几岁的少年，安静地将成长的行程一字不差地记录和感喟。他们所写的生活，有春夏秋冬里细心观察的所感所悟，有现代时尚生活的体验，有在长辈回忆的生活里的感叹和想象中天马行空的生活，最神奇的是，一个小物件都能写出各种不同的故事。少年行的《童真年代》一帧帧都是孩子们纯洁的童真年代的真实写照,是一曲曲质朴无华的童年之歌。桐月六小童的《彩色的天穹》里有孩子们处在乡村与城市之间的最真实的心灵写照与思考。《时光里》"镌刻"着时光少年的烂漫友谊和温馨童年的美好印记。《行走的哲思》里湖畔四少为我们分享了研学中的所见所闻、所言所行、所思所想,既有深入的对历史的剖析,又有对自然的观察与探索,文笔恣意洒然,未来可期。两三点雨山前用文字记录了她们生命中最初的美好,也记录了她们生命中最初的思考。短短的篇幅,回味绵长,或许真的能品出《时光的味道》。读《素心之履》你能欣赏到江南水墨长卷般的书生意气,乌镇、南浔、西塘……搂着这样的小镇,感受日日夜夜的人文沉淀的浑厚,那不是一场旧梦,是俗世烟火气息下一个个真实的自我。七八个星天外,以文字采撷遥不可及的历史,呈现的却是眼前的幸福与美好。

写作有起点,有创作方向,有个人的审美追求和价值观。当你的创作代表了人类社会大众的普遍方向,当你虚构的世界引起了人们的关注,当你描述的真实在隐喻和暗藏中悄悄生长,当你的文字,代表了一种生命物质……你会发现,很多事物都不一样了。生在杭州,长于钱塘的梁熙得,以一部《鼹鼠先生的春日列车》,将脑海里的奇思妙想，让人眼前一亮的妙笔生花全部装载。"以梦为马，路在前方。以写为乐，自由畅想。海豹，它有一片海洋。"这是多么自信的童年宣言！诸葛子誉的纪实型小说《稚拙的日子》用真实的笔触，写下了生活的经历和对生活的简单观感，勾画了一个稚拙有趣的童年。徐诗琪在《冒傻气的小红鼠》中更是塑造出了一个个性强，爱出风头，同时也富有正义感和责任感的孩子形象。樊雨桐写的城市女孩则个性独特，惹出一些啼笑皆非的事情，由此有了一段不一样的童年，细细感受《不一样的童年》，你也许会找到你童年里的不同和相似。小作者们在创作道路上的探索和追求，着实引人感动。

　　宙斯为了在广阔的宇宙中创造人类，与普罗米修斯进行了艰难的旅程。他们寻找黏土的途径到现在还是众说纷纭：有人说，他们是从色雷斯草原一路东行到小亚细亚，最后在位于底格里斯河与幼发拉底河之间的丰饶之地找到黏土；也有人振振有词，表示他们是南渡尼罗河，穿越赤道，最终在东非得偿所愿。不管经过怎样的跋涉和攀登，最后宙斯决定让雅典娜轻吹一口气，赐予这些成型的泥人生命。在时代的洪流里，我们坚持做这套丛书八年，其间的过程百转千回，在网络科技发达的今天，希望我们的坚持加上你们赋予这项事业的灵气给予我们追寻文学持久生命力的源泉。

有的作家,他写的作品就如一辈子精心于一类特殊工艺的手艺人一样,作品中有一种固定的地理,一种永远不变的时段,一直让人感觉是在童年时期。而青少年儿童自己创作的作品,并没有定型,但你也能看到很多类型、方向、文本的雏形,他们在模仿、在创造,也在改变,更在颠覆。不难发现,在阅读,无论电子书还是纸质书阅读,越来越快地改变人们的同时,读同龄人的书,由自己写出一本书已然成为一种趋势,曾经的少年不再是那一群只知道玩滑板、打篮球的小孩,也不再是抱着芭比、沉浸于cosplay、穿着洛丽塔的少女,他们正在以成年人的视角和语感诉说和表达对这个世界的看法和诉求。就像赵蕴桦在《灼灼其华》中所说:"我的作家梦,是从阅读开始的,阅读更广泛,更深入,写作热情就持续高涨。我期盼每个周末和暑假的来临,那样我可以走更远的路,赏更美的风景,考察更深厚的人文底蕴。我的作品是我小学毕业的纪念,未来,我期待着成为真正的作家!"如果你想了解少年们在想什么,最好的办法也许就是看看他们写下了怎样的世界,和对世界万物的看法。那些无法言说的都借助文字来喷薄,借由这个口子,架构了我们与他们之间的桥梁,希望,真诚的心灵交流与沟通,从此变得容易。

世界本来就很美,我们想方设法带给这些御风的少年一个美好的世界,而在他们眼中,美好的世界可以由自己界定,由写作与这个世界建立最好的联系,由此在成长的道路上哺育出更美丽的生命之花,何其有幸!见字如你!

向所有看到这些文字的大人和孩子,致敬你们曾经以文字和写作创造的美好快乐的童年及世界!

海飞

2021 年 12 月

代序 写给女儿

　　孩子10岁那年的某天，她从桐月学堂回来，跟我讲她想尝试一下写自编小说，当时的我还是有点诧异的，没想到她会有这个想法。跟诸葛老师沟通后，既然孩子确实有如此想法，为人父母自然是支持的，但又略有担心她是否坚持得下来，因为至少得花一年的空余时间去干这件事，而且全凭手写。后来，我慢慢发现，正因为她的这个举动，带给了我们意想不到的快乐，也让我们与孩子的关系变得更加融洽。以前习以为常的事，现在变成了我们生活中最轻松的一件事：送她去老师那里辅导，接她回来创作，听她讲"书中故事"。我深深地感觉到孩子的世界是那么纯净，她能将经历过的事情从笔端流淌出来，将不经意间听到、学过或看到的事物，以及同学的故事揉进自己的文字中。

现在,看着孩子写的这本《冒傻气的小红鼠》,作为老母亲的我,心中五味杂陈,一方面为孩子的坚持而感动,另一方面为孩子纯真的心灵而欣慰,真切地感受到孩子的成长。诸葛老师建议我给孩子的书写个序,我一口应承下来,没想到真正动笔之时,想说的话万般多,却又似写不出一个字。

借用《银河补习班》里的台词:孩子,我是第一次当爸爸;爸爸,我也是第一次当孩子。是的,我们人到中年,得过且过,却对自己的孩子严格要求,不断把自己的愿望和价值观强加给孩子,逼着孩子拼命前进。我们对孩子过于关爱和忧虑。因此,我们在与孩子的相处中会发生碰撞,甚至经常冲动而痛苦。可能大部分家长曾经跟我一样,对她的学习,比她自己还着急,尤其是进入小学高年级,几乎每天都在跟她"博弈",鸡飞狗跳,家里不得安宁。但我同时又在反思,连猴子都犯错,更何况她是个孩子,作为父母,我们又做得如何,有没有给她树立一个榜样?虽然也带她一起游玩,陪她一起阅读、运动、交心……但更多的时间,我们都在忙自己的事,尤其是在她三年级时,我生了一场大病,在省城医院待了近三个月,孩子的外婆、爸爸都要分身照顾我,不得不经常把她一个人撂在家中。让我们欣喜的是,她学会了自己消除成长中的烦恼,学会了自己安排学习,自主完成作业,体会生活中的点点滴滴。这些文字,正记录了她的这个成长变化。

她笔下的小红鼠算不上一只优秀的小鼠,但这只小红鼠热心、胆大、敢想敢做、责任心强,哪怕是别人都不接受她,哪怕是困难重重。所以,最终她得到了大家的认可。孩子的世界是纯真的,放牛班的孩子也有春天。这只可爱的小红鼠,或许就是她自己或者同学经历过的童年的缩影,我看到的是一个乐观向上、有着天马行空想法、对生活充满希望、对他人充满感激的孩子。

我经常跟孩子说,要坚持做自己认为对的事(当然不是固执偏见的那种),哪怕没有一个人去做;不要去跟风做不该做的事,即使周围很多人在做。正确的事,不会因为没人做而变得错误;错误的事,亦不会因为大家都去做而会变得正确。我也不知道这样对不对,培养出的孩子是否优秀,但看到孩子的成长,尤其是看到她笔下的小红鼠,我还是感到欣慰的,虽然她有点另类,但至少是善良、开心的。

转眼,孩子已步入初中,开始了一段新的旅程,以后的路上她听到的关爱、唠叨少了许多,她需要承受的却越来越多,需要自己解决的问题也越来越多。我们的选择是让孩子走在属于自己的路上,我们要做的,更多的是陪伴,用我们的语言和行动,给她期望,给她自信,给她快乐!

加油,给自己,也给前行路上的她!

借这个序,深深地祝福天下所有的孩子,都能拥有灿烂缤纷的童年!

妈妈

2019 年 10 月 8 日

目　录

目
录 | 003

小错不断

"Hello！大家好！我是一只小老鼠，小老鼠，我的名字叫小红，叫小红。春眠不觉晓，处处有小红。夜来风雨声，油瓶咕噜咚……"一只皮毛红火的小老鼠在树洞里叽叽喳喳地哼着自编的儿歌，还对着镜子挤眉弄眼。

她觉得自己很特别，人家的毛灰不溜秋的，自己却长得像狐狸；人家的脑子就像进了糨糊似的，而自己的脑袋就像开了挂一样，什么鬼主意都像地下泉水一样向地面涌。

"不过，今天的日子可能会不好过！"

小红鼠对着镜子挤挤眉头，吸吸鼻子，一边思考着对策。果然，妈妈回来了，就听到了一声耳膜都要被震穿孔的大吼：

"小！红！鼠！你给我出来！"

鼠妈妈满脸通红，眼里好像翻滚着一个火球，而且那火球要钻出来一般。怒气冲天的吼声气壮山河,惊天动地,就像闷雷滚动,江河开冻。

小红鼠立刻堵上耳朵,手心都冒出了冷汗:哎哟,完了完了,妈妈真的回来了。她立刻把眼睛的色彩降低到灰色,装出了一副可怜巴巴的样子。

哈哈,那么到底发生什么事情了呢？我们从早上开始说吧。

这天早上,小红鼠一觉醒来后发现家里只剩她一个人,爸妈给她留了张字条说是去参加什么交流会。哼！就他们那几只鼠,能交流出什么！小红鼠闲得无聊,决定自个儿出去溜达溜达。她走到门前却突然发现门被反锁了,出不去了！

"咕噜噜",肚子突然叫了起来,小红鼠饿了。"要不去厨房找点吃的吧。"小红鼠心想。

这时,正好一阵香气飘过来,吸引着小红鼠。"啊！真香！是什么好吃的？这里难道有什么山珍海味？我要去吃个遍！"

来到厨房一看,"喔！原来是一罐油呀！放那么高,就是不想让我吃嘛！不过,这也难不倒我,看我'纵身一跃',再来个'后空翻'!"小红鼠几下就成功上了高台,完美!

"这罐子怎么这么难开,看我的金钢牙……哎哟!"

油罐滚动起来,小红鼠自己摔了个狗啃泥。她爬起来。哟!这油罐滚起来挺好看,晶莹剔透的,哈哈哈哈哈!

"咕隆咚……啪!"油罐掉地上,破了!

"呀,这下糟了,油没吃成砸了罐,彻底完蛋了!麻烦啊麻烦,要被妈妈骂了!"小红鼠越想越急,脸蛋都憋紫了,都快变成"小紫鼠"了。她着急地在地上转来转去,忽然被油滑了一跤,"哎哟!"她的脑筋似乎有了油的帮助,立马开窍了:对呀!我得告诉妈妈我没来过厨房。此刻,她一点也没有想到老师说过的话,撒谎可不是好孩子该做的呀!

想着,便转身要走,等等!油总不能浪费吧?那干脆吃掉喽。

"哧溜,哧溜……嗯!真香,真是太好吃了。"她边吃边想:这油可真不错,给个赞!

吃饱喝足,她决定做点有意义的事情。

对了,妈妈常叫我多学学爸爸那幅画,说那幅画是一绝,我这就去瞧瞧。

走进书房一看，哇，这幅画果然不是一般！看看这奇松，挺拔、有力，多像士兵；再看看这怪石，像老人，像骆驼，真是变化多端；再看看这个云海，多么自然，多么洁白。嗨！这个是温泉吗？爸爸画的不会是黄山吧！让我"红大师"二代来添上一笔，在松树上画个松鼠吧！老师不是教过我们画松鼠吗？点些赭石，一二三四五，哎？怎么松鼠像老虎，还"长大"了？那就画成石头，不是怪石吗？更好画呀。呀呀呀，石头也"长大"了，再加几根草。哎，不对，草都比树高。嗯……算了，挂上去看看，哎，还不错，就是草有点高，石头上还有点赭石色的松鼠影子哩！

没事！小老鼠边看边自夸，满脸红光，已经把时间给忘了。

画了画，再干点什么好呢？爸爸总叫我看书，就看《小学生必背古诗80首》吧，爸爸都让我背过了，无论他怎样出题目，我也能答出来。好，开始。

"《春晓》，春眠不觉晓，处……处蚊子，蚊子咬……呼……呼……"小红鼠没看多久就睡着了。

……

接下来，就是开头那段鼠妈的大吼了。

"小红鼠！我的油罐！"鼠妈咚咚有声地打开房间的

门，"你给我过来!"

小红鼠支支吾吾，挪了半天步才到妈妈面前。她死死地低着头，就是不敢看鼠妈妈一眼。她心里反复告诫自己：装，一定要装可怜，不然屁股就要开花了。

"你个小混蛋，你把油罐打碎了，以后我们吃什么呀？啊？你真是我的祖宗啊，嗯？你究竟是谁生出来的，我小时候也不会这么皮，你爸爸更加不会……真是基因变异……"鼠妈直直地瞪着双眼，向小红鼠射出一道冷光，嘴里喋喋不休地说着那些已经说了几百遍的话。这些话小红鼠都会背了，因此对她没有丝毫杀伤力。

"我……我没进厨房。"小红鼠开始一段自导自演的撒谎剧。不过说这话也是实在没办法，自己也不想做撒谎的孩子，可是不撒谎屁股就得……于是她只能脸红红地编着谎话。

"还没进厨房! 厨房都有你的油脚印!"鼠妈大吼一声，眼睛里喷射出火球，一下子揭开了小红鼠的谎言，灼烧得她措手不及。

"好吧，是我是我。妈妈……呜……我保证下次不再犯错了。我长大后会养你的呀! 喔……我的好妈妈……你是天底下最好的妈妈……"小红鼠又开始她独特的厚脸皮模式,眼睛里都是娇弱的柔光。

鼠妈听着听着,无奈地低下了头。面对这样一个女儿,自己有什么办法呢?再说,就这么一个孩子,不宠她宠谁呢!

夕阳西下,暮色挥着大笔抹黑了天空,树在寒冷的夜风中挺立着。几盏孤零零的路灯屹立在马路边。一阵寒风吹过,掉落的树叶飞起,显得有些凄凉,整条马路静悄悄的。一辆红色的小轿车缓慢地行驶在马路上——是鼠爸。他常常工作到午夜才回家,现在他正在回家的路上呢。

"哎!今天真幸运,刚刚传到淘宝网上的画,一天之内就卖出去了。这可是笔大生意,哎哟,现在日子不好过啦,都只能靠卖点画来维持生计了。现在这经济,真是王小二过年,一年不如一年喽!"鼠爸开着车,嘴里喃喃自语,"好了!想点好的吧,有了这笔钱,就可以给孩子交下个学期的学费了,那可是一个贵族学校。哎,收费也太贵了点⋯⋯"他一路想着,一直到家。

回到家。

嘘!要轻轻地,嗯,老婆、孩子都睡着了。

鼠爸冲了个热水澡,走进书房,打算收拾书桌,再打开电脑看看书画的收入。看着看着,他又想起一件事来。

嗯！老婆身体不太好，没工作，都靠我了。有了这五万，又可以缴两三个月的房贷按揭了，还能把女儿贵族学校的学费交了。啊！幸福的家！

咦！这个人比我画得烂，还卖八万元，真是的……哎？对了，我的画呢？哎呀呀！我的画呢？鼠爸左看右看都没找到自己的画，急得头上直冒冷汗。找了半天，终于在沙发的隙缝中找到了。真是虚惊一场。他赶紧打开一看，啊？一……一块大石头，比猪还肥的松鼠，比树还要高的草！这一定是女儿干的，我明天怎么交货呀?！二十天的心血，我的妈呀！鼠爸仿佛一瞬间坠入了冰窟窿……

第二天一早。

"小红鼠！你给我过来！你说，这画怎么办？"鼠爸开始严厉地审问"犯人"。

小红鼠知道大事不妙，立马转变为"马屁模式"，红着眼睛，可怜巴巴地说："爸爸，别打我。我曾经给你买香烟，曾经给你泡红茶……等我长大，也一定会给你买最好喝的红茶……只要你不打我……"

鼠爸听着，既好气又好笑，想想这毕竟是自己的女儿嘛，稍微有点惩罚就好了，于是气呼呼地说："你……你给我去写检讨，五百字!"

小红鼠一听,心里乐开了花:太好了,上次我打破了墨盘,爸爸说我的检讨写得很好。那这次我只要把那份检讨的第一段改成第二段……哈哈哈哈……我真是太聪明了!想完,赶紧变了脸,两手不停地擦着眼泪,呜咽地回答:"喔!那我走了……"话一说完就立马转身走出了书房,"啊!"小红鼠一声欢喜,真是变脸和翻书一样快。

"去写检讨喽!"小红鼠好不容易从抽屉里翻出一张皱巴巴的纸,立马奋笔疾书起来。先把第二段抄下来,嘿嘿,再把第一段抄下来……"写好喽!"小红鼠脸上洋溢着欢快的笑,就像刚起床的太阳,一边笑还一边用爪子把检讨书举得高高的。

"爸爸,我写好啦!"小红鼠又摆出她那可怜的样子,心里却有说不出的喜悦。

"我看看,这么快?"爸爸双手推了推眼镜,抖了抖衣服,坐了下去。爸爸果然还是那么严肃、认真。

一分钟,五分钟,十分钟,十五分钟……时间过得可真慢。

难道爸爸看出来我是抄了上次的检讨书吗?完了,完了! 小红鼠心里嘀咕着,她有些紧张起来了。要知道,爸爸发起火来,是很可怕的! 以后我再也不随便动大人的东西了……小红鼠都不敢往下想了。

"写得还行,就是语序不对。"爸爸终于开口了,他摇了摇尾巴,"下次再也不要碰我的画了,知道吗?! 这些画,是你上学的学费,也是我们家的生活费哦!"

小红鼠的头像缝纫机一样点着。就这样,大错不犯、小错不断的小红鼠逃过了两劫,她暗暗想:这个世界真美好,朝阳很美好,夕阳很美好,清风很美好,白云树木花朵很美好,还有爸爸妈妈和自己,都是如此美好。

分外妖娆

"哎呀！今天的天气真好。上学喽！"小红鼠快活地背着书包，大踏步地向学校走去。她双手在胸前摇摆着，两眼光芒四射，嘴巴成了一弯新月。

她发现今天的天气就像心情一样特别好。向日葵挺着腰杆，使劲对太阳露出微笑。一旁的狗尾巴草也扭动着，为这晴朗的天气伴舞。梧桐树还是那么深沉而严肃，它默默地聆听，享受着这愉悦的气息。大地微笑着面对照射过来的阳光，温暖而柔和。

许多去学校上学的小动物都踏着欢快的步子，一起向学校进发。

小红鼠一边走向学校，一边在心里回想："昨天智斗老爸，我真是太聪明了，世上绝对没有比我更聪明的动物了吧！今天一定又是个快活日。"

刚走进班里，小红鼠发出了"喔"的一声，周围静悄悄地，只听到风扇"咔吱咔吱"地响。

"早读，我不喜欢，那干点什么呢？"小红鼠用她那细小的爪子抓着头皮，又把自己的尾巴打几个结，活像一串红红的糖葫芦。"哎呀！对啦！班里不是要轮流扫地吗？对！对！我也去扫地。"

小红鼠看看那些值日的同学，摆出一副大老板的姿态，两爪放在背后，缓缓地仰起头，"吭吭"地清了清嗓子，无所事事地溜达起来。

"你，这里还有垃圾，怎么扫地的？还不快点。"

"还有你，怎么搞的，连最简单的擦桌子都不会，还值什么日？"

……

小红鼠和很多小朋友一样，最喜欢做班干部，最喜欢做班干部的同时命令同学，那多威风哪！

这时候，老师忽然急匆匆地走进教室里。这天老师打扮得可精致了，整个鼠身上没有一点多余的东西。金丝绒上衣，白色裤子，配上一条淡蓝的围巾，给人一种富贵的感觉。老师一直严肃，脸上总是挂着和年龄相仿的古板与严肃,不过老师的内心是温暖的,从来没有为难过谁,哪怕是最皮的小红鼠。在她眼里,一切都会好起来——这是她的口头禅。

小红鼠见到老师,立马从垃圾桶旁边拿了一把扫帚和一个畚箕,"认真"地扫起来,还装着抹了一把汗。老师看了,很欣慰,美滋滋地想:大家都说小红鼠皮,最近变化挺大的嘛。

"小红鼠,好好干,等会儿老师奖励你一颗糖果。"老师说着,拍拍小红鼠的肩膀,对全班同学说,"同学们,我们要向小红鼠学习,要像她一样热心为班级服务。我想,一切都会好起来的。"

小红鼠站在老师旁边,老师的话让她满脸通"紫",她感觉自己仿佛进入了天堂,许多身穿白裙头戴花环的可爱天使簇拥着自己。天使们还用她们洁白的翅膀扑打着她,那翅膀是那么柔软。天使们朝自己笑着,清灵的笑声萦绕在整个天堂。小红鼠从来没有受到过老师表扬,她兴奋极了。

老师说完就急匆匆地回办公室批作业了。

小红鼠双手晃来晃去,清闲地溜达到了校园里:干点什么好呢?她双眉紧锁,走着走着,竟然又走回了班里。

她忽然发现讲台上有一个包:哇! 好漂亮的包,暖心的粉红色,一些短小的绒毛,一小颗一小颗的钻石。闪亮! 耀眼! 太好看啦! 小红鼠真希望包是自己的。她脸上的笑容就像一朵盛开的喇叭花。

对了! 老师不是每天都会奖励糖果给我们吃吗? 说不定包里有许许多多糖果呢。趁老师没来,快点找找! 小红鼠打开包,翻来覆去,恨不得把整个头埋进包里,可是头塞不进去,糖果的踪迹也是一点没找着。

真丧气!

忽然,她的手触摸到了一个圆柱形的物体,摸索出来一看,哎,这不是老师的口红吗? 她心生好奇,每天见老师涂在嘴上,好像挺好玩的。来来来,涂一些。涂好口红后,小红鼠还在脸上和头上画了两个红圈,颇像一朵盛开的花。

"大家看我!"小红鼠一边摇着手,一边笑嘻嘻地挥着口红。

小老鼠们看到了,像小红鼠身边掉了钱似的,全跑到她身边。

小紫鼠红着眼,嚷嚷着:"快,给我也涂点!"小紫鼠涂好后,妖娆地翘起兰花指,左瞅瞅,右瞧瞧,问:"我美吗?"

很快,橙、黄、绿、蓝、黑、白鼠都涂上了,美得各自在座位上跳舞。

班里闹成一团,电风扇也调皮,"咔吱,咔吱"地为它们鼓掌。老师的办公桌上十分杂乱,许多打印出来的稿纸错落无序,笔筒倒了,红笔撒了一地也没人管,只有一台手提电脑安安稳稳地坐在桌上,十分清高。

正在大家伙欢乐之时,小红鼠听见楼梯间传来老师熟悉的高跟鞋踩在地上的声响。危险将要来临! 小红鼠的心顿时一缩,脸色比土还难看,怎么办?

"老师来了! 快擦掉!"

不容分说,众人一起向纸巾跑去,一只只鼠爪抢着纸巾,散去后,只留下一个空纸盒,还有一支似乎被狗啃过的口红,像一根将要结束生命的蜡烛。

老师走进门,她先是扫视四周,见同学们在使劲擦脸,正感到奇怪时,她看见……看见了口红壳!

"是谁干的!"老师顿时气得面红耳赤,天灵盖嗡嗡作响,像一个盗版的关羽。瞬间,大家全都把手指向小红鼠。

"是她!"

"是她。"

"小红鼠! 我的限量版迪奥!"老师惨叫一声。

......

电话铃结束没一会儿,小红鼠的妈妈就到了。

不用问路,鼠妈妈直接到了老师的办公室。

"老师,不好意思呀,我这女儿,就这么调皮,回去一定好好教育。"说着,鼠妈小心翼翼地拿出三支限量版迪奥口红,"给,老师,我送给您,不……是赔的。"

"不不不,不用赔,只要教育好孩子就行。"

"要的要的,老师,真的对不起您!"说着,小红鼠妈妈硬是把口红全部塞给老师。

老师只好勉为其难地收下了,心里暗暗想,啥时再给小红鼠买点礼物,算是还给她吧。只是一想到微薄的工资,心里不由发毛啊。

回到家,小红鼠像囚犯一样乖乖地站着,低着头。鼠妈坐在沙发上,紧闭双眼,压制自己的怒气。写检讨已是没用的了,要用什么来治呢?喔!对了,就这个。

这时候,小红鼠脑子也正不停地打转,这次,到底是拍马屁呢,还是"投降"?

突然,鼠妈一声吼:"你,去把地拖了。"

小红鼠赶忙去接一桶水,拿起比自己高两倍的拖把。结果,水倒了,洒了一地。

　　鼠妈一皱眉,摇摇头说:"那你去洗碗吧!"结果,小红鼠又把碗砸了。

　　"成事不足,败事有余啊!"

　　小红鼠的家里,传来了鼠妈的一声哀号。只要小红鼠睁开眼睛,这个世界就一定糟糕透顶。

一次失败

光阴似箭,日月如梭,半个学期过去了。

"我呀!啧啧啧,一出手就是一百分,偶尔出一点点差错,九十九点五分,你还想追上我?!去天堂吧!"小红鼠挑着眉,脚一直嘚瑟地抖着,抬着头,朝小灰鼠翻着白眼。此刻的小红鼠和天底下一切坏东西一样,拥有坏蛋的所有品质。

小灰鼠"噗哧"笑了一声,拍拍自己的胸脯:"如果你有一百分的话,我都有一百五十分了!"他右手插着腰,左手指着小红鼠,脸上露出一丝轻视的笑。

"就你还想打败我,先把你名字写会了,再说!切!"小红鼠反击着,眼瞪得大大的,用爪子指着小灰鼠,一副不服气的样子。

"那我们就比个高低,用实力说话。马上就要期中考试了,咱们比比谁的分数考得高! 你呢,就是……就是五十步笑百步!"小灰鼠向小红鼠射出一道冷光,他幻想着自己穿着华服,戴着玉石、珠宝,跪在自己面前的是衣着破烂、满是补丁的小红鼠。"来,给我捶捶背,小红子。"接着,小红鼠就乖乖地为小灰鼠捶背。

小灰鼠从梦中醒来时,只见在半空飘过来一张纸:

比就比,谁怕谁!

——小红鼠(爪印)

小灰鼠看了,把纸丢到地上,眉头紧皱,像两条大毛毛虫。

小红鼠表面上答应了,其实心里还是挺害怕的,只有一招了——找小白鼠求救。说到小白鼠呀,那真是名不虚传,次次考试次次满分,长得也漂亮,大长腿,全班女生都嫉妒她。

"想让她教我,要把她妈妈的马屁拍好,一定成! 拍马屁不能光用嘴巴,得来点实在的……用什么好呢? 啊哈,老师不是有三支口红吗? 上次她让我带回家还给妈妈两支,我还放在口袋里呢。嘻嘻,我先借一支用用。"

小红鼠轻轻地走到小白鼠的位置旁边，眨巴着眼睛，装出可怜巴巴的样子："姐姐，姐姐，我想去你家玩，好不好嘛！"

"不。"小白鼠十分干脆，丝毫不留情。她的脸像冬天里的一块铁板，冰冷、干硬。如果让小红鼠到自己的家里，那将是一个怎样的世界？小白鼠想也不敢想。

"姐姐，你看，你这双大长腿，多么美。我到你家，就是献丑，这才能体现姐姐的美呀！"小红鼠接着夸小白鼠，还一边拉着她的手，摇晃着，恳求着。

小白鼠沉默了一会儿，觉得也有几分道理，在心里自鸣得意着：我美是必须的。小白鼠挣脱了小红鼠的手，闭着眼睛不耐烦地说："那……那好吧。"

"谢谢姐姐！"小红鼠一时惊喜，马上现出"原形"，跑开了。

放学了，夕阳西下，晚霞泛着红光，一层赤，一层橙，一层黄，像条彩带挂在天空上，不停地荡漾。小路上，鹅卵石铺了一地，它们大大小小，排列整齐，像一队队士兵，有胖子，有瘦子。

到了小白鼠家，她妈妈十分热情："是小白的同学呀！来来来，快坐下，阿姨去拿点水果来。"水果端来了，小红鼠摸着口袋，说："阿姨，是这样的，我学习不好，想让小白鼠姐姐放学后帮我补习一下。"说着,便从口袋里拿出口红,"阿姨,这是我妈妈送给你的。"小红鼠说谎都好像吃豆子一样顺溜了,一点也不脸红。不知道她妈妈知道后,会不会被气出心脏病。

小白鼠妈妈见了,哇!迪奥耶!于是连忙对小白鼠叮嘱着:"小白,你看,这个妹妹多懂事,真是个好孩子。以后多教教她呀!"

小白鼠点着头,一直"嗯嗯"着,不敢反抗妈妈的命令。

接下来的日子,小白鼠天天放学后用心地为小红鼠讲解、辅导。小红鼠却从来也不听,她有时望望窗外,看看天空中飞着的鸟儿,翅膀扑打着,渐渐离开窗户的视线;有时又摸着笔,把笔盖打开、扣紧,打开、扣紧;有时她看看题目心里暗喜,现在就是跟小白鼠打好关系,到时候让她给我抄抄答案就好了,呵……等我赢了,要让小灰鼠给我洗脚,把他的糖果全拿来……

世界上最美的也许就是如意算盘了。小红鼠就是这么想着的。

考试的日子到了,小红鼠自信满满,脸上微微泛着红光,仿佛是整个生机勃发的春天都驻足到了她的脸上。

"丁零零……"考试开始了。

小红鼠对小白鼠做了一个加油的手势,意思是说:让我加油,考好点,给我抄下答案。

小白鼠看到小红鼠对自己做这样一个手势,点点头,也对小红鼠做了一个"加油"的手势,眼中好像有一颗明星,闪烁着胜利的光芒,她的意思是说:嗯!我们一起加油!

小红鼠做着试卷,监考老师来回转着,监视着每一位学生。小红鼠觉得老师就像一只烦人的蚊子,"嗡嗡嗡"地在自己身边飞来飞去,让她想丢一张小字条,都无从下手。

终于,老师去上了一趟厕所,小红鼠赶紧把所有不会的题目抄下来,来了一个帅气的扔球,字条"嗖"地飞到小白鼠座位上。小白鼠打开看了,脸一沉,沉着的脸就像夏日被烤焦的太阳,火辣辣的。小白鼠在纸上写了一会儿,纸团又乖乖地不偏不倚飞到了小红鼠的座位上,她激动又害怕,展开一看,只见一行醒目的大字:

如果我告诉你答案,就不是你真正的朋友。

下午,考试结果出来了,老师先是朝小白鼠绽放出微笑,又朝小红鼠射一道冰冷的寒光。"小白鼠,全科满分。这是家常便饭的事,无须鼓掌。小红鼠,两科不及格,一科六十分。"老师的手使劲捏着试卷。

台下的小红鼠也只能眨巴着眼睛,流露出无限的悲伤。她似乎明白了世界上唯一可以不劳而获的就是贫穷,唯一可以无中生有的就是梦想。而自己就是这句话最好的诠释。

今天放学就像世界末日,小红鼠的脑袋耷拉着,像一个泄气的皮球。她看看四周,黑白的天空,树让叶子随意飘落。人们也不动了,仿佛变成了石头,站立在大大小小的街道上。

"你考得怎么样呀,我全科及格,老师还奖励了我一颗糖果,你输了吧!"小灰鼠拍拍她的肩,秀着自己的大糖果。

小红鼠攥紧拳头,她看见鸟儿掠过,在树上轻轻停下,不发出任何叫声,似乎也察觉到了她的悲伤。悄悄地,一滴泪水轻轻滑落。回到家,小红鼠在日记本上写下了一段话:

明智的人决不坐下来为失败而哀号,他们一定乐观地寻找办法来加以挽救。

不知道她是否真的能做到?

名牌"包"

"同学们，今天老师布置一个作业。大家回家都帮家人干一件家务。"老师手指着黑板，眼睛亮闪闪的，她在开展素质教育呢。

小红鼠在家里待着，双眼直瞪瞪地想着：干点什么呢，如果去找奶奶的话，一定是叫我去干拖地、洗碗之类的活儿。我可是堂堂女汉子！怎么可以做这种事情，我可要做些别的女孩子做不到的事情。

这天中午吃饭，屋子里被菜香笼罩着。突然，小红鼠双手一拍桌面，把脸拉得长长的，抿住嘴，快速站起身来，说："爷爷，我要帮您干家务活。"

爷爷听到，一笑，把嘴里的饭都喷了出来，放下碗，边笑边说："就你这个小个子，还想干啥呀！看看你这小身板,小细腰,能干啥?"爷爷又忙不迭地往嘴里送了一口饭,边嚼边自夸:"你可知当年爷爷的威风,打洞、运鸡蛋、偷油……有哪一样不会? 有一回我一次性就运了三个鸡蛋,啧啧,全村人都称赞我。"

小红鼠一边啃着面包,一边斜着眼,撇着嘴,脑袋伸得高高的,像戴着个冲天冠。"爷爷,您就别吹了,我还不知道您的高度?"说着,便把随身携带的 iPad 搜出来,在爷爷面前晃晃,"iPad,您会用吗?"小红鼠挑挑眉,眼睛不停地眨巴着,感到打败爷爷的红旗就在前方。

爷爷撇下筷子,朝孙女瞪两眼,双手一架,摆出我不怕你的姿势。"不就是个 iPad 吗,那个键按一下就好了,这么简单,谁不知道,拿来!"

小红鼠把 iPad"恭恭敬敬"地放在爷爷手里:"来吧!"她在心里讥笑着,这个傻爷爷,现在的高科技您根本不懂,QQ 您知道吗? 微信您会用吗? 切,有指纹密码的。

只见爷爷轻轻松松地接过 ipad,把手指放在按键上一按,嗯? 怎么打不开?"怎么回事,这什么东西?"爷爷喃喃自语着,他用左手先按一遍,又用右手再按一遍,就是打不开。刚刚脸上还是有一缕春风拂过桃红柳绿的,现在就北风那个吹,千里冰封,万里雪飘了。

"看我的。"小红鼠连爷爷的眼睛也不瞅一下，一把拿过 iPad，用手一按，解锁成功了。她举着 iPad，在椅子上舞着："怎么样，不错吧，跟我一起嗨起来。"

爷爷双手一摊，摇摇头，脸上充满着无奈："只要你会割麦子，我就承认你厉害。就会玩两下 iPad，能算个什么强?!"

小红鼠一副胸有成竹的样子："好，马上带我去割麦子。这么简单的小事，最适合我了。"小红鼠拍拍胸脯，骄傲地说。

小红鼠坐在爷爷的电动三轮车里，嘴里含着根狗尾巴草，整个人好像注入了兴奋剂，看上去活力满满。

"到了，就是这儿。"爷爷轻轻地说了一声，接着又把孙女抱下车。小红鼠提着镰刀，眼前是金黄的麦田，心里得意极了：割麦子，太容易了，我一定比爷爷割得还快。

小红鼠大跨步地走进麦田里。呵！泥干干的，一点也不粘人。"割，割，割割割，我是割麦的小行家！……"小红鼠边抱着割好的麦子，边唱着小曲。她瞧瞧金灿灿的麦子，感觉像捧着大把的金子。麦田，对她来说，就仿佛是个游乐园，麦秆会陪着她笑，陪着她傻，陪着她疯。

可是，不一会儿，就遇到了"阻碍"。她感觉手臂上痒痒的,"哎哟!"怎么这么难受,一定是坏蚊子干的。不理它了,我要做个勇敢的小战士。小红鼠轻轻地抓了一会儿,紧接着,又用坚定的目光扫视了一遍麦田,继续割麦。"哎哟! 又是什么? 一定又是那可恶的蚊子干的。"小红鼠红着脸,被太阳炙烤流下许多汗,忽而感到腿部奇痒无比,她腾出手,这儿抓抓,那儿挠挠。正当她极其不耐烦地抓着自己左腿被叮的包时,低头一看右腿上又出现一个细小的如红点一般的包。

"怎么会这么痒呢……"

过了不久,小红鼠全身布满了包包。本身就已经很红了,经过蚊子的重重打击后,像长出了许多奇怪的肉,好似一个个缩放版的小土丘。

"爷爷! 您快过来,我好痒,您帮我抓抓!"小红鼠边挠着边大叫着。她什么也顾不上了,镰刀也丢了,自己割好的麦子也撒手一扔,散落了一地。

爷爷距离孙女很远,但他利用了自己独特的"顺风耳",迅速听到了孙女的尖叫。他"嗖嗖嗖"地在麦田里大跨步奔跑着,一心只想着小红鼠。"来,让爷爷看看。"爷爷仔细地瞧了瞧,"没什么事,小乖乖,用口水涂一下就行了。"爷爷心里悬着的石头,终于放下了。

"呜……脏死了,坏爷爷,都是你要带我来麦田,都怪你,害我被蚊子咬!"

小红鼠在这难以忍受的痒痛中,不禁哭了起来。

太阳依旧俯视着大地,它偷偷地瞄了一眼这麦田,又瞅瞅那晃动的三轮车。前面是正傻笑着的爷爷,后面,是满身红包的小孙女……

回家后,小红鼠捧着花露水不断地喷,可是那些小红包越来越红,越来越大。"我身上长'名牌包'了,妈妈该有多羡慕啊!"

"哈哈哈哈,虽然和爷爷打赌输了,但是我赢了这么多的'名牌包'呢!"小红鼠又没心没肺地开心了起来:不给自己任何负担地活着,这就是幸福。小红鼠想。

后悔的深渊

赢了爷爷,却输了自己,只因为贪吃。

小红鼠蜷缩在病房的角落,此时已经深夜零点了。

时针滴答摆动,医院内大部分的灯都关了,只有护士台还亮着一盏小白灯,四周空无一人。小红鼠抽噎着,她左手挂着盐水,一滴一滴从吊瓶里流入输液管再输进体内。犹如她的泪水和悲痛,流露在外却又尽数收入心底。小红鼠抬起头,望了望那唯一的亮光,又落寞地低下头,看看自己长着一堆肥肉的肚子。

"你怎么在这里哭呀?"突然,另一只小红鼠走了过来。其实,她就是小红鼠,是另一个自己。

"你……你,你是谁? 怎么和我长得一模一样?"小红鼠圆眼一瞪,慌忙擦擦遗留在脸颊的泪水,见对面的小红鼠正对着自己笑,还长得一个样,连忙用手抓紧座椅上的靠手,后背紧贴着椅背,警惕地敌视对方。

"我就是你,你就是我,我们当然没什么不一样的了。"虚拟鼠一边指指小红鼠,一边指指自己。

"什么你就是我,怎么可能有另外一个我,你到底是谁?"小红鼠连忙用右手摸摸自己的头,仿佛"你我"二字在她眼睛里不停地跑来跑去,让小红鼠都开始怀疑自己是谁了。

"好了好了,先不说这个。你怎么了?为什么哭?"虚拟鼠把双手一摊,很不解。在她的印象里,小红鼠向来都是一个欢天喜地的孩子呀!

小红鼠一听到这个问题,原本压制住的委屈再次奔涌而出,小嘴一瘪,哭得比先前大声,也更加肆意。她感到心里的委屈能够安心宣泄了:"这件事,说来话长。最近期中考试结束了,我禁不住美食的诱惑,放松警惕大吃大喝。每天能吃两包薯片、十只炸鸡腿、一个汉堡、两个三明治,外加三瓶可乐。可是不久,我就发生了天翻地覆的变化,我……"

小红鼠脑子里一下子浮现出当时的画面。

一个周末,她在家里闲得慌,这下该干什么呢?她躺在沙发上,爸妈都不在,看电视? 动画片全都看到可以背下来了。画画? NO NO NO NO! 太无聊了,邱老师教的山水画已经画得很熟练了,对于她已经没有挑战性了。写作文,NO NO NO NO! 诸葛老师的作文,已经写了第八期了,也没有挑战性了。对,还有零食喔! 来,红鼠老大今天也走趟零食柜,嘿嘿! 她猛地打开柜子。哇! 汉堡、薯片、可乐……柜子里的食物让小红鼠的口水流下三千丈,它们都散发出诱人无比的香味,不吃也想闻闻呀,更何况是小红鼠呢? 就这样她大吃了好几天。

结果,在不久后,小红鼠就成了一个名副其实的保龄球。圆滚滚的大肚子,里面好似装了一个充满气的大皮球。整个头比两只圆圆的耳朵大十多倍,双下巴处的肥肉就像碗沿似掉非掉的水,在脸上"咕咕"地垂着。

回忆完后,小红鼠双手搭在座椅上,双眼空洞无神。

虚拟鼠似懂非懂地点了点头:"原来是这样呀! 那你胖了就胖了,多运动就行了,来医院干啥呢?"

小红鼠的眼泪越发欲出不止,它们集中在她那绿豆般的眼里:"接着,我就被大家笑话了。"她一手擦着眼泪,一边讲述起这段经历。

小红鼠这么肥,周一进学校,所有同学都瞪着大眼睛朝着她看。上课的时候还好，下课后全班同学便躁动了起来。

原本班里称霸的大肥鼠是只大黑鼠，他抖抖眉，让后面两个小跟班小花鼠和小瘦鼠拿水给自己喝后，就"哆哆哆"地走到小红鼠面前，还一边用手摸着自认为十分有福气的肥肚子，眯着左眼，瞪大右眼，说："哟！小红，才几天不见，就变成大红了，都要超过我喽！"紧接着，大黑鼠就"哈哈哈"大笑起来，那两个小跟班也附和着阴阳怪气地大笑起来。那笑声，简直就是审判书和挑战书。

小红鼠一手捏紧拳头，一手把书卷成了一团。她气愤，她悲伤，她不想接受这一切。可她又能怎么办呢？低下头瞅瞅自己凸起的肚子，不就是长点肉吗？连大黑鼠都笑话我，哼！我一定要把肉减掉，我小红鼠是谁！小红鼠把刚才紧握的数学课本猛地往书包里一塞，好似把所有的力气都撒到那可怜的书本上。

一整天，她在学校里都用双手支着那似乎随时都会掉下来的双下巴，瘫在一把殷红色的木椅上：哎！看来，只能减肥了，我决不能让大黑鼠嘲笑我。可是，我并不爱运动，每天早晨五点起床和爸爸一起去跑步？不不不，要不……就吃吃微信朋友圈里发的那种神奇的瘦身茶吧！资料显

后悔的深渊

示,最快的效果是一周就能减下五到十克耶！想想自己一周后就能大变样,两周后就能变苗条,三四周后,就能成为人人羡慕的闪电鼠,那时大黑鼠就只有干瞪眼的份儿了……哇！哈哈！真是想想都开心呢！一不做,二不休,我现在就去联系。不对,我没钱了,前段时间都在淘宝上买零食了,估计我那存钱罐里也就十来个硬币吧！这该怎么办,急死宝宝了。嗯！为了减肥,我一定要奋斗！加油！再加油！从今天开始,我要帮爸爸妈妈干活。

"我就这样,下定决心要多干家务多赚钱！"小红鼠抬起头,向四周放射出坚定的目光,好似对一切都充满了无限的向往。

"妈妈,你在干吗？我来帮你吧！"刚吃过晚饭,小红鼠连忙拿着自己用过的盘子,故意走到妈妈跟前,把盘子放进水池里。要知道,她平时可是十指不沾阳春水的！鼠妈妈顿时一惊,哟,太阳从西边出来了,这孩子,不捣乱就算阿弥陀佛了！今天怎么这么乖。不错不错！

"妈妈,你每天太劳累了,我来帮你洗碗吧。你瞧,你最爱看的《西游记》正在播放。"小红鼠小心翼翼地把妈妈推开,又用手指指电视机。

"也是呀！我最喜欢看86版的《西游记》了,好不容易重播了,这次一定不能错过了。那……你就干吧!"鼠妈一手拿着遥控器,双眼已经离不开电视了。

说干就干,小红鼠戴起手套,呀呀呀呀! 干,怎么干呢? 用水冲洗后再用洗洁精? 幸好我有多年看妈妈洗碗的经验。"洗刷刷洗刷刷,一二三四,洗……"小红鼠边唱着自编神曲——《洗碗歌》,边摆动着自己的圆屁股,左右左,左右左,左……

"妈,洗好了,一共五元钱。"小红鼠全身滴着豆大的汗珠,一张抹布也不知道什么时候飞到头顶。

"什么?!"鼠妈一惊,女儿没有说要报酬的呀! 而且一下要这么多,要知道最近行情不好,赚钱很艰难,我都好久没去逛街了。哎!"五元钱"仿佛是三个巨大的黑白立体字从天而降,朝鼠妈头顶压过来。

"好……好,那我来验货。"鼠妈的心一上一下,算了吧,也就五元钱,毕竟是孩子第一次自告奋勇做家务。鼠妈打开碗柜,哟! 还不错嘛,就有一个盘子底边还有一小抹油,超出了我的期望。"好吧! 通过! 来,五元,不少哈!"鼠妈从口袋里摸出五元钱,还是皱的。

"太好啦!"小红鼠捧着钱,放进存钱罐里,"钱呀钱呀,我爱你,就像老鼠爱大米……"

"就这样，我的钱罐子越来越鼓了，终于攒够了。

"然后，我又去联系微信里那个卖减肥瘦身茶的微商，还省了十几元呢!"小红鼠面无表情地望望虚拟鼠，虚拟鼠咬咬手指头，继续听。

"然后呢?"虚拟鼠十分好奇。

"结果……呜……我……我第一天吃了没瘦下来，第二天好像瘦了，第三天……第三天竟然胖了一斤，我还拉肚子，很严重!"小红鼠的泪水顿时又冒出来，懊悔地抱住了自己的脑袋。

"喔，早知道这样，你当初就不该吃这么多嘛。管住嘴，迈开腿，切记切记。好了，我已传授秘诀，我走了。"虚拟鼠化作一阵红烟，消失在医院。

在医院里，依然只有小红鼠一个人，孤零零地坐在椅子上。白灯是那么暗淡，她黯然神伤，眼前胜利的火苗渐渐熄灭，一切又恢复了原本该有的那片宁静，可她也陷入了后悔的深渊。

还 我 手 枪

从医院出来后,小红鼠又满血复活了。

折腾,是她永恒的追求。这不,又开始了!

"啪啪!哈哈哈哈,这把手枪太棒啦!"小红鼠拿着手枪,向前方的一片树叶射去,"喔!太准了,正中靶心。大家快看呀!我这枪法太准了。"顿时,小老鼠们像看猴子般拥过来。哇!

只见手枪一身黑壳,好像时刻都能发出亮光。在把柄处,有一些棕色的斑纹,把手枪点缀得更有光彩。枪口呈圆形,小巧而精致,谁看了不想玩一玩呢?

小绿鼠站在小红鼠旁边,看着手枪,望眼欲穿,眼睛瞪得像将要吃食的鱼嘴一样。"给我玩一玩吧!"小绿鼠不停地吞着口水,真想拥有魔力,能"嗖"的一下把小红鼠的手枪拿到手。

"不给!"小红鼠手一摆,头一摇,闭着眼睛,把枪抱在怀里。

"就给我玩一下嘛!"小绿鼠扭着屁股,一边从口袋里拿出一瓶小红鼠最爱喝的冰红茶,一边在小红鼠面前晃晃,"姐姐,有福利!"

小红鼠一见是自己钟爱的冰红茶,眼珠都要弹出来了。"这还差不多!"小红鼠一手握着手枪递给小绿鼠,另一手一把抢过冰红茶,"咕咚咕咚"地喝起来。

小绿鼠见手枪到手了,马上玩起来。一点钟方向,"啪啪!哇喔,太准了,要是我能有这样的一把手枪就好了。"小绿鼠心想。

大约过了十五分钟,小红鼠把饮料喝光了,把瓶子一扔,便对着小绿鼠说:"该还给我了!"小红鼠说完便夺过手枪。小绿鼠用眷恋的眼光望着手枪,那目光就如同闪烁着的两颗跌落的星星。

小蓝鼠看见小绿鼠玩了手枪,自己也想玩,就大叫起来:"大家快看呀!好吃的桃子,既多汁又解渴。"其实,小蓝鼠想把手枪抢到手后,玩腻了再摔坏,不让小红鼠拥有。

小红鼠听到了,心里想着,我要是能吃到这桃子,那我以后就什么桃子也不吃了,那桃子实在是太诱人了。

"小蓝鼠,我把手枪给你玩,你给我个桃子吧!"小红鼠"大方"地拿出手枪,摆在小蓝鼠面前。

"好吧!"小蓝鼠故作不情愿,又在心里窃笑,呵呵,上当了,手枪呀手枪,只怪你有个傻主人,要是你的主人是我的话就好了。他挑了一个最小的桃子给小红鼠。接着,小蓝鼠又拿过手枪,先玩了起来。"啪!啪!"子弹飞过树丛,落到了一片黄土地上。哈哈!这枪还真不错,要是我的就好了,可惜了!枪兄,待会儿就要跟你拜拜了,或许,你的命本该如此。

小蓝鼠望望天空,红日已经偏西,焕发出无限的金光,把天这块似白似蓝的布,抹上了金粉。时机到了。小蓝鼠跑来跑去,一会跑进鼠群,一会又开始抛手枪,为的就是装出手枪不是自己故意摔坏的样子。就在这时候,只见他用力把手枪往天空一扔,再故意用右脚把左脚一绊,"扑通"摔了一跤,虽然摔在地上很疼,但他心里美滋滋的。嘻嘻!手枪坏了!手枪坏了!看小红鼠再怎么炫耀!

"啪!"手枪碎了。小红鼠本来在美美地吃桃子呢。听到这声音,转头一看,"呀!我的爱枪呀!"那声音如同天崩地裂,好像大地也随着震动起来。小红鼠的心里顿时好似下了场大雨,把她淋得如落汤鸡一般。她猛地转过头,用"鹰眼"朝小蓝鼠射出一束束冷光:"都怪你,你要赔我的手枪!"

小蓝鼠把嘴一噘,在肚里暗笑着:"我是不小心的,大家都可以作证,干吗要赔?"其实,他心里正在鸣礼炮呢!

争吵结束了,手枪也坏了,无可奈何了。

小红鼠抱着一堆破零件,拖着步子回家。鸟儿飞过头顶,一声不响,好像在为小红鼠而伤心。她还在郁闷着:"好你个小蓝鼠,毁我手枪,我定要让你加倍奉还!"她在院子里来回转了几圈,还不时地拍拍自己的脑袋,学电视里一休哥的样子冥思。果不其然,头顶上似乎冒出了一个叹号,哎!小蓝鼠不是说他家还有那个特好吃的桃子吗,味道的确不错,嘻嘻,桃子,桃子……

"小花鼠,小瘦鼠,我来给你们布置个任务。明天上午,我带你们去把小蓝鼠家后院的桃子全偷来,然后你俩平分。"她双手学大人的样子摆在身后,努力抬高头,挺起胸,做出一副领导的样子,眼神中全是严肃。

那两个小跟班平时都是"大哥"吩咐干啥,就马上老实去干的家伙,无须多提防。

在云雾中揉眼睛的太阳渐渐升起,云雾缓缓吞噬着它,让太阳无法将更多的金光洒向大地。云也慢慢飘来凑热闹,逐渐盖过了阳光。

三只老鼠悠闲地走着,前面一只,后面两只,形成一个三角形。

"到了。"小红鼠用右手一指。眼前是几棵有大有小的桃树,虽然不多,但看起来也像桃林。一个个桃儿挂在树上,有成熟的,也有刚冒出青皮的。成熟的,往往是红里透白,好像随时会流出一滴汁来;未成熟的,像一个个干了坏事又十分后悔的人,个个青着脸。

小红鼠瞟了一眼这一个个成熟诱人的桃子,真有点舍不得。不行! 她又赶紧回过神来,用她那独特的犀利的眼神朝小花鼠和小瘦鼠一射,两个小跟班就立马干起活来。

"哗! 哗啦啦!"一大片桃子被小花鼠和小瘦鼠摇下来。他们像两只快活的小猴儿,这儿蹦蹦那儿跳跳,把整个桃园弄得到处都是残枝败叶。嘿嘿,摘得越多,福利越多。顺便把青的摘了,回家放起来!

小红鼠躺在一旁的吊床上,啃着一片桃叶,自鸣得意着:"蓝家没人,事又不是我干的,万事无忧! 哈哈……小蓝鼠,我要让你为我的爱枪,血债血还。"

不一会工夫,桃子全没了,小花鼠和小瘦鼠两人平分,

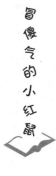

欢欢喜喜回家过桃节。

夜，是寂静的。大大小小的动物们都进入了梦乡，树也不摇了。

夜，突然变得嘈杂了。"我的桃子！是谁干的？……"在院子里，小蓝鼠发出一声怒吼，他很快就知道是谁干的了。

"小红鼠，我与你势不两立！"一声凄厉的控诉响彻了整个夜空。

冰释前嫌

过年的气氛越来越浓烈，大街上一片喜气洋洋。喜庆的中国结和灯笼挂在了马路边的路灯上，灯光与灯笼的颜色融合在了一起，映照着路人脸上洋溢的笑容。

为了庆祝新年的到来，学校准备搞一次联欢晚会。鼠(1)班的老师决定准备一个相声节目，选两个人组一个组合，希望能有轰动全校的效果。老师翻看着名单，目光锁定在两个名字上。"小红鼠平时很会说段子，经常让大家笑得停不下来；小蓝鼠也不错，会活跃气氛，就这两个人吧！"她心情愉悦地用笔圈住两人的名字，就这样决定了人选。

这天下午，老师把小红鼠和小蓝鼠叫到她的办公室："小红，小蓝，学校要举行一次喜迎新年的联欢晚会，每个班都要选送一个节目。经过我再三考虑，认为你俩是百里挑二的人选,你们就来演个相声节目吧!两人好好合作。"老师一改往日的严肃,双手交叉放在胸前,一副即将托付重任的表情,慈祥地笑着。

小蓝鼠一听,还没等小红鼠开口,就抢先说:"老师,我是不会跟这种没人品,喔!不对,没鼠品的鼠合作的!"小蓝鼠把头用力一摆,那动作,那眼神,充满着厌恶,仿佛有一个恶魔在驱使着他这么做。

小红鼠本来还想唱一首歌送给老师,只能止住了。她敛起那两条像蠕动的毛毛虫一般的眉毛,又想起了桃子事件,真是有口难言,刚刚丰富的面部表情又瞬间缩回。

老师甚是不解,翻表情的速度比翻书还快,她两手叉腰,歪起嘴,又变成了平常的样子,活像一只"变形鼠":"小红她怎么了?你对她有意见?"

小蓝鼠感觉老师这次肯定要帮他撑腰的,于是像开《百家讲坛》一样,滔滔不绝起来:"老师啊,你是有所不知,就在今年夏天,我……结果她不经过我同意,把我家院子里的红桃子全摘光,还把青的都打掉了。老师,你说,这种鼠可不可恨?!有没有鼠品?!"

老师一听,用"原来是这样啊"的表情看向小蓝鼠,又来个一百八十度的大转弯,心想,真后悔叫了小红鼠,唉!

这孩子!

　　小红鼠立马用手捂脸,好似一个胆小鬼,生怕别人看见自己。"这次脸可丢大了,而且是当着老师的面,可恶的死蓝鼠,幸好只有一个老师。哎! 我还是上吊吧,呜呜……太丢人了,早知道不捉弄他了,还失去一次上台的机会,关键是今天回家又要挨批了!"她又一想,谁让臭蓝鼠故意摔坏我的爱枪呢! 冤冤相报何时了!

　　没过几天,就到了小花鼠的生日,要开 Party。当天,小花鼠抑制不住自己的激动,要知道这个 Party 可是辛苦表现换来的。她拿着一叠漂漂亮亮的请柬,上面还印着小花鼠的头像呢! 小红鼠知道肯定又没自己份了,自从上次老师知道她偷桃子的事后,同学们好像都有意避开她。

　　小花鼠把请柬放在身后,悄悄地、悄悄地走到小红鼠面前,一下子把请柬放到小红鼠的桌上,满面红光,像打了蜡的苹果一般,油光油光的:"小红,我过生日,想邀请你来!"

　　小红鼠用力揉揉自己的眼睛和耳朵,确定自己没有看错和听错之后,兴奋得眼睛闪起了光。她现在对小花鼠可是感激涕零,想想生日 party 上各类令人兴奋的游戏、各种各样的美食……她在心里放了一个大而喜庆的响炮,算是庆祝。"好,我一定去。"

旁边的小蓝鼠听到了,心里一阵不适,又假装不在意地看着书。

紧接着,小花鼠又快活地跑到小蓝鼠面前,对小蓝鼠发出了同样的邀请。

小蓝鼠把书放下,边打开请柬看着,边说:"谢谢你的好意,小花。可是呢,要是跟那种没鼠品的鼠在一起,太丢人了。"其实小蓝鼠还是蛮期待去的,只是他就是不愿与小红鼠同去。他把请柬还给小花鼠,还用鄙视的眼神看小红鼠,不屑地摇摇头。小花鼠顺着她的视线看过去,颇为惊讶:小蓝讨厌小红?

小花鼠一想到自己最好的朋友小蓝不去,感觉世界都没了色彩,她还打算让小蓝当主持人呢。如果小蓝不去,那么Party帽都戴不稳;如果小蓝不去,那么多气球永远都吹不起来……

小花鼠只好悻悻地去找小红鼠。她使劲低着头,既不想让小红鼠看到自己,又想跟她说。小花鼠抿了几下嘴,不停地眨巴着眼睛:"小红,对不起,我……不能邀请你了。如果你……来参加的话,小蓝他就……不来了。所以……你就别……"小花鼠边说边不安地扯着衣角。

小红鼠惊愕地看了眼小蓝鼠的方向,僵硬地将视线转移回小花鼠这里,心口像是被堵塞,她张张嘴,颤抖着扯出一丝微笑。她不打算再辩解,这是她和小蓝鼠之间的矛盾。她心酸地开口:"好,我不去打扰你们……"这一瞬间,周围一片寂静,无声无息,似乎只有凝结的空气为小红鼠伤心。这种低落的心情一直延续到放学。许多小老鼠都和小花鼠一起走了,就剩小红鼠一个,呆呆地被晾在一边。

她不明白。明明有错在先的不是自己,为什么她要被所有人冷落?

今天的夕阳好似也不开心,没有挂五彩斑斓的缎带,苍白单调生硬,像田野乌鸦未得到教堂白鸽的芳心时失落的心情。

小红鼠独自在马路上晃荡,她仿佛是个聋哑盲人,什么都听不见,什么都不会说,也什么都看不见。旁物于她而言,全消失了。连平时超市门口她最爱吃的德芙巧克力免费品尝,她也当作看不见的空气一般让它飘走。

过马路时,人行道的另一边亮着红灯,她也像没瞧见似的,仍然摇摇晃晃地垂着头走去。汽车飞驰,这般速度即使看见行人也不能立马刹住。她滴着泪,正要跨出第三步时,一辆白色汽车如猛虎似的疾驰而来,小红鼠正要反应过来时,她的腿都不知道该怎么挪了,只是呆呆地望着迎面而来的刺眼灯光。就在这关键时刻,不知是谁,猛地拉了她一把,用力一拽,躲过了车,一起摔倒在路边的草丛里。

草丛很阴凉,不热。小红鼠回过神一看,身边竟然是"可恶"的小蓝鼠。两人像刚滚过泥巴地一样狼狈。

"你不长眼的吗?车都要撞过来了!"小蓝鼠气急败坏,"什么事情想这么入迷?"他愤怒地看着小红鼠。

"和你有什么关系?我消失了你应该比谁都开心吧。"小红鼠轻飘飘地从嘴里说出这句话。

小蓝鼠张目结舌,过了一会儿踌躇道:"对不起……我今天看你一个人坐着发呆,我也很难过。一开始,的确是我的错,是我太自私。"

"以后你喜欢什么我都会借给你。之前是本来就不想借给别人,只想在你面前炫耀,没想到……"

小蓝鼠突然哽咽起来:"我真的错了……我后悔了,我向你道歉!"

小红鼠轻轻抱住他,拍拍他的头,说:"我也有错。以后我一定改!"

两只小鼠一直拥抱着,很久,很久。他俩好像忽然明白了一个道理,原谅别人,永远比原谅自己更正确。

　　这天夜里,小花鼠的 Party 一直开到了深夜,歌声响彻了整个森林。

时来运转

喔！要研学了！

小红鼠努力地眨着眼睛，如一头牛似的冲出教室，在操场上狂奔两大圈。原来，学校要举行一次研学活动，可去可不去。然而这次机会，全掌握在家长手中。

小红鼠一听到研学的消息，眼珠子像个不停转动的玻璃球，一直打转。要是我能去，就可以好好玩一趟了！而且，听最爱吃东西的大黑鼠讲，那里的中饭可好吃呢！菠菜猪肝汤，每人一碗猪油，还有饭后甜点巧克力或甜甜圈，二选一。哇！要是我能尝到一样，就终生无悔了。不过，要去的话，还得通过老妈这一关。嗯！这关卡还不容易。最近我得好好表现了。不过，只要能参加研学，做啥都行。想到这，小红鼠顿时像一朵盛开的向阳花，金灿灿的，一直朝着太阳露出甜甜的微笑。

这天放学回家,小红鼠掏掏口袋,一摸,哟! 有五十多块钱呢! 还能买个小蛋糕"献"给老妈。

"妈,我回来了。"小红鼠捧着一个小蛋糕,眼睛眯成了两条龙须,线条柔美。

鼠妈一见小红鼠捧着个小蛋糕回来,惊讶地张大了嘴巴,露出了两颗自认为鼠类稀有的兔牙:"小红,你买个蛋糕回来干什么?"

小红鼠把蛋糕推到妈妈面前:"妈妈,这是我花了我所有的零花钱给您买的。您就吃吧!"小红鼠强忍住口水,她感到好像有一根锋利的针在不停地戳自己的心,痛楚呀!

鼠妈斜眼瞅瞅小红鼠:"既然是给我的,就不分给你了。"鼠妈估摸着,这孩子一定又有啥事。

小红鼠一听,呀! 老妈以前都会分我一点的呀,今天居然不给了! 嗯! 没关系,毕竟"宝剑锋从磨砺出,梅花香自苦寒来",甜头还在后面!

"吧唧吧唧……"鼠妈吃完蛋糕,用舌头把嘴唇舔了个遍,然后把双手抱在一起,一副老板的样子,对着小红鼠说道:"说吧,又有什么事?"

小红鼠见自己的那点小心思瞒不过老妈,笑嘻嘻地拿出那张被她叠得整整齐齐的研学回执，呈给妈妈："妈妈，那您看一下，这次研学活动，我能不能参加？车费十元，我自己会用攒的零花钱付的。"小红鼠从裤带里掏出一张刚才买小蛋糕找回的十元，这张票子，仿佛一位老人，满是皱纹，又似一湖静水，风突然不停地吹，吹得水面一片波纹。

鼠妈仔仔细细地把回执看了一遍，又瞧瞧小红鼠——弓着身子，一手拿着笔，另一只手捂着脸，偷偷地笑，眼睛眯成一条缝。鼠妈在心里思量着，研学研学，到底是不是学习？如果不去的话，就待在家里嘛……那不去好了，先把课本学学好。

"不许去，天天考五十九分，何时及格，才可以去参加类似的活动！"鼠妈把纸扔给小红鼠，就去烧饭了。

小红鼠颓丧地走向客厅，躺在沙发上。六十分，就像一道坎，小红鼠跳得高一点，它也就高一点。即使能过去，也要被绊一跤，摔个鼻青脸肿。读书真不是个事儿……哎，妈妈不同意，可是个大难题！

真巧！第二天上午，语文老师就宣布下午要单元测试。瞬间，班里叽里呱啦的活跃劲被压了下来，灰沉沉一片。大黑鼠用手把头一遮，趴在桌子上：哎！我昨天费了九牛二虎之力才说服老妈。今天考试要是达不到六十分，我的小研学就没机会了。坐在另一边的学霸——小白鼠还是悠然地看书，就像什么事也没发生过。至于小蓝鼠，也没啥问题，悠闲地吹着口哨，对小红鼠眨眨眼睛。学霸和学渣的区别，就体现在考试上了。

小红鼠抱着语文课本，走到自己在学校的小竹林里创造的"无人知小基地"里，然后盘腿坐下，把语文课本放在面前。要复习语文书？NO，她要拜佛。小红鼠闭上双眼，将双手轻轻搭在腿上，口中念念有词："上天啊！请您将我面前这本书的所有精华都赐予我的大脑吧！感谢上天……感谢耶稣……感谢玉帝……感谢程咬金……"

小红鼠怎么就感谢起程咬金了呢？哈哈，程咬金有三板斧，有三板斧就够了啊，她想自己也不需要很多，只要比六十分多一点点就可以了，一点点，一点点……

下午语文考试前的小休息，生活委员把窗户推开。一束束太阳光照射进来，整个教室被晒得暖烘烘的。但是，这些光在有些鼠的眼里，也许只不过是一团乌蒙蒙的黑雾，也可能是一张大黑纱；在另一些鼠看来，就是自己试卷中鲜红的一百，所以他们提前享受着阳光的温暖。

还有一个小时就要放学了，小红鼠坐立不安，也没像往日般在教室里说段子。她一会儿跳到教室门口伸长脖

时来运转

子瞅来瞅去，一会儿又老实地待在座位上，耷拉着脑袋，还不时地自言自语着。

终于，语文老师出现了，捧着一大堆试卷，脸涨得红红的。

小红鼠紧闭着眼睛，在心里默念：六十分，六十分，六十分……以后我一定好好学习……

试卷拿到手，什么?! 五十九点五分! 哦! 搞错没! 小红鼠既高兴又悲伤，高兴是因为自己的左脚跨进了这个坎，悲伤是期待已久的研学活动要跟自己拜拜了，还有两天就要研学了，可老师没安排其他考试。

老师一题一题地分析着试卷，小红鼠像饿了三天三夜，只觉得两眼发黑，全身无力地瘫在桌上，耳朵里都是嗡嗡嗡的声响。突然，老师怔住了，随后又是大叫一声："咦? 第三大题的第五小题，之前老师批错了，正确答案应该是B……"后面说的啥，小红鼠已经完全听不见了，此时的她只知道马上从"睡梦"中醒来，拼命地翻开试卷，查找那个诱人又救人的"B"。

"哇，我是B，被老师批错了，而且是两分呢! 啦啦啦，六十一点五喽!"小红鼠也顾不得是在课堂上了，跑过去对老师一顿猛亲，那兴奋劲就像是中了彩票一般。

她突然觉得自己其实也挺棒的,也有让自己觉得骄傲的地方,也许那个诺言也应该好好考虑一下了。

好事不好

　　研学活动中，小红鼠连连犯错，把饭堂椅子捣鼓坏，把导游的话筒弄坏，把老师的裙子弄脏，回来后又把家中的碗砸碎……小红鼠现在天天都得对着墙面壁思过。她决定要重振雄风，树立光辉形象。可是，那该干些啥呢？哎呀！对了，最近不是流行帮助那个谁……谁，五保户！呵呵！把小蓝鼠、小花鼠、小瘦鼠和大黑鼠一块叫去，这几个铁哥们，能扬我鼠威！啊哈哈哈哈！

　　周六，五人，不对，是五鼠，一起约定去小红鼠家隔壁的五保户家。

　　一踏进门，他们就看见一位孤寡老太太，瘦得像一张纸，脸上写满了皱纹，挤都挤不下，仿佛在记录她的人生。老太太戴着一副老花镜，左镜片都有不少裂痕，但她总是说："这眼镜还能用呢！"老太太身上穿着一件乡下常见的俗气的廉价大毛衣和一条早已过时的大花棉裤，裤子很长，整双脚都可以被遮住，鞋也用不着穿了。

老太太家中的设施很少，一张少了只腿的矮桌子孤零零地蹲在屋角，铺在它上面的那张牛皮纸都要渗出油了。站在大门口，稍稍探下头，就能看见整个厨房。房子只有一扇小窗，上面布满了灰尘，屋外的阳光挤都挤不进来。

小红鼠他们五个小心翼翼地进了老太太的家。小花鼠会讲笑话，由她负责陪老太太；小瘦鼠、大黑鼠收拾桌子、椅子等家具；小红鼠和小蓝鼠就去清洗衣物、收拾房间。

虽然他们平时在家也帮爸爸妈妈干家务，可从没有像今天干得这么卖力，个个流着汗，还有说有笑。

小花鼠坐在老太太身旁，给她捶捶背，敲敲腿，对她说："老奶奶，您可真瘦呀！"

老太太不语，只在一旁"呵呵"地笑着。

"不过没事，咱们'瘦'比南山嘛！咯咯……"小花鼠笑起来比老太太笑得还响，还欢。

……

此时已是下午，屋里如同被整容了一般，原本是街头乞丐形象,如今却像个朝气蓬勃的大小伙子。之前阴沉的房间也变得明亮起来。一推开窗户,清新的空气就迫不及待地冲进房间,欢快地舞动。阳光也跟着调皮起来,拼命地冲刷着整间屋子,绽放出耀眼的光彩。呵!连老太太也看上去都精神了许多呢!

老太太看着这一切,不停地摸着小花鼠的手:"呵呵,现在的年轻人呀,可真是不一样了!真是谢谢你们。"说着说着,眼眶冲出了许多泪花:"我也老了,今天有你们这般帮助,也算死而无憾了!"

小红鼠听了,带头说道:"哪里哪里,这是我们应该做的。"

小瘦鼠接道:"就是,该做的,您也会长命百岁的。"

老太太抿抿嘴,心里想着:这群孩子,真好!

可是,上天像是故意跟小红鼠作对似的,偏偏不让她做一件好事。她听到老太太的夸赞,心里乐开了花,便又赶紧拿着毛巾擦窗户,但头却朝着老太太说话,真是越说越开心。突然,便听到了"砰砰砰"的几声巨响,接着是"啪!"的一声。玻璃碎了,一下子惊动了屋子里的所有人。

"喔……"老太太想要挽回,但迟了。她一脸沮丧,刚才的笑容像被风刮走了。

另外四个小伙伴一齐看向小红鼠,她把脑袋左右晃了一下,就马上跑回家里,从书本里翻出上次研学活动老妈给的十块钱,还有上次考试及格爸爸奖励的五元,又用最快的速度奔向老太太家。

"真不好意思,奶奶,我只有这十五元了……"她低着头,零花钱没了,只能等过年再要更多了。虽然有点伤心,但自己捅的篓子,哪有不补的道理,那以后自己还怎么当老大呀!

小红鼠很难过,便想要独自静一静。只见她跑进洗手间,偷偷地流着泪,她打开水龙头,水哗哗地流,泪水和自来水交融在一起,流个不停。

不一会儿,水就漫了出来,一直漫出了洗手间。

刚才老太太还在懊悔,觉得不该拿着孩子的零花钱。

直到水出现了。"哗哗哗哗……"水溢到了客厅。

小红鼠一见,呀!不得了!原来水龙头没关!她马上冲进洗手间,也顾不得水花溅到她的裤子上了。

整个房间瞬间成了水的世界。

这下闯大祸了,一行五鼠,向老太太鞠了一躬,低着头走了。

老太太傻眼了,这几个孩子,不晓得还会干些什么出来，只好让他们走了。

一晃眼便到了周一，尽管寒风习习，但是学校还是要照常升国旗。大家都穿着厚厚的大夹棉衣，个个脸冻得通红，像打了霜的苹果。校长站在主席台上演讲："同学们，就在上周六，我们的学子——小红鼠带着好伙伴，一起去帮助了五保户刘奶奶……这种表现，正是我校优秀学生的风貌呀！现在，有请小红鼠上台，给大家说几句话！"

哇！小红鼠做梦都没想到自己也有如此光辉的一天，她早已忘了自己做的坏事，用力吞了一下口水，拿起话筒："嗯，不管怎样，我们都要重振雄风，像校长说的那样，做个文明的好学生……谢谢大家。"

校长瞧了瞧身旁的教育局局长，客气地说道："局长，还不错吧，她可是平时最调皮的孩子，在这次活动中都能主动表现，看来局里开展的这项活动很受大家欢迎。"

局长整整衣领，稳重地点了点头："嗯！不错不错。"

此刻的小红鼠高兴极了，脸上洋溢着得意满足的笑容。

就在这时，大黑鼠缓缓举起他那粗肥的手："老师，我有话讲。其实，那天小红鼠在刘奶奶家里，砸破了她家的窗户，还忘了关水龙头，把她家里弄得到处都是水……"

当场，校长惊讶地张大了嘴巴，脸色顿时阴沉了下来，心想，这下弄巧成拙，反而树立坏典型了！

小红鼠身败名裂，又变回原来的坏孩子了！

唉，爱说实话的孩子，大黑鼠啊大黑鼠！

傻事不傻

"哎!现在我臭得不行,除了那四个傻瓜,其他鼠都不理我了,我以后上学还是走小道吧!"小红鼠左手撑着脸,右手拿着妈妈亲自做的营养早餐——土司夹香肠和荷包蛋。这种早饭,其实一点也不好吃,土司烤焦了,香肠片只有土司的十分之一,荷包蛋味道太重,蛋白上全是肉眼能看见的盐粒儿。

"妈,我天天都没吃饱,从今天开始您可不可以每天给我五块钱?"小红鼠咬一口早饭后猛灌开水,脸都要变成青色的了。

鼠妈看看小红鼠,吓了一跳,赶紧拿上一瓶牛奶和一张五元纸币塞给她,这孩子最近也不知怎么了,变得有点敏感脆弱了。"出去多买点东西吃,可别饿着了。"在她眼里,孩子胜过一切。

　　小红鼠背上书包,踏上了上学之路。尽管大路上的早餐店更多,她还是选择了走小路。走着走着,突然一个身影闯进了她的视线,那是一个乞丐!他没有右臂,走路也一瘸一拐的。

　　乞丐披着一件薄斗篷,其实就是一张无棱无角满是补丁的破布。腿上裹着在爷爷家见过的装肥料的大袋子。他的脸就像一张皱巴巴的灰色纸片,早就丧失了健康鼠应有的光泽。乱糟糟的头发间散发出一股酸臭味,好像从来没洗过似的。一条短尾巴,已经秃了毛,就像清朝老人的辫子,显得很滑稽。

　　小红鼠看了看,下意识地捂住了鼻子,咽了一大口口水,转身就想绕过去。就在扭头的那一瞬间,她看见了那只讨饭的碗,里面只有几枚乌黑的一元硬币。鬼使神差般,小红鼠拿出那五元钱,慢慢蹲下,放进乞丐的碗里,又从书包里拿出下午要喝的牛奶,也一同放进了碗里。虽然她也的确被自己的举动吓到了,但小红鼠还是觉得:毕竟我自己吃了几口早饭,尽管有点难吃,但那是妈妈辛苦为我做的营养早餐,饿一顿没事,牛奶不一定要喝的,我可强壮着呢!比起他来,我可幸福多了!

乞丐抬头望望小红鼠,眼神中充满了感激,仿佛面前这个大家都认为坏孩子的小红鼠就是他的亲人,眼中的泪珠欲出又止。

小红鼠又回头看了一眼乞丐,蹦蹦跳跳地去上学了。她觉得今天没有往日般那样郁闷了,所以决定以后每天都要把那五块钱给乞丐。

几天过去了,小红鼠的肚子开始有点不争气了,饿得咕咕直叫……

上午第二节课才结束,有一些同学就开始骚动了,似乎故意和小红鼠作对,纷纷拿出小零食。你瞧,那个大黑鼠从抽屉里偷偷摸摸地拿出一包乐事薯片,还不时朝四周瞅瞅,生怕被别人看见,可那股红烧牛肉的香味逃不过小红鼠的鼻子。

顺着香气,小红鼠很快锁定了目标!虽然她平时是老大,可关键时刻还是得做到能屈能伸。她双手合并,一副拜佛的样子:"大黑,给我两片吧!你看,你这些肉肉,多有弹性,多有福气!"说完小红鼠紧闭着嘴巴,不停地咽口水,生怕口水流下来了。

大黑鼠瞧瞧小红鼠,哎!上次在升旗仪式上告发了她,她也没来追究我,还是拿我当哥们。看她最近也消瘦了,就给她两片吧!

小红鼠此时就觉得大黑鼠太好了,自己平时老是欺负他,他也不生气,感激地差点流下了眼泪。

可是,这点小零食,终究是不能填饱肚子的。没过几天,小红鼠的肚子又开始战斗了。

这不,发生大事了。

"医生! 医生! 快帮我看看,我孩子怎么了?"鼠爸抱着小红鼠,冲进儿科诊室。要知道,鼠爸是这个家里的顶梁柱,平时可忙着呢,带孩子来看病的时间,他就能挣好几百呢! 谁叫小红鼠是自己的心肝宝贝呢! 鼠爸的衬衣已经凌乱,头发也乱糟糟的,可是他已经慌乱得无暇顾及了。

医生这里按按,那里摸摸,说道:"这孩子应该是长期饿着,晕倒了。你们这些父母咋回事,孩子没吃饭都不知道。"鼠爸听得是一头雾水,直抓脑袋,一个劲地点着头:"好! 好!"

到家后,鼠爸给小红鼠做了一碗面条,面条软软的,有助消化。他又亲切地问道:"宝贝,你怎么了,每天没吃饱吗? 听你妈妈说,除了营养早餐,每天还给了你五块钱,外带一瓶牛奶。"

小红鼠低下头,用上排牙齿咬住嘴唇,只好说出实话:

"是这样的。前段时间,我上学路上偶遇一个乞丐,见他可怜,就把每天自己的早餐钱和牛奶送给他了。然后就在学校里向大黑他们几个讨点东西吃。"小红鼠抽泣了一下,流出豆大的泪水,"就这样,我就晕倒了。"

鼠爸轻轻摸了一下小红鼠的脑袋,又看看她,真是又想哭又想笑:"我的傻闺女呀!你在学校没听同学们议论吗?上学那条小路上的乞丐是骗子!他晚上还去KTV呢!"

小红鼠一听,蒙了,难怪自己不知道呀,最近不是名声不好吗,都没有多少同学搭理她了,在学校里除了那四个朋友,基本上没有信息来源,典型的孤家寡人一个!她立马哇哇大哭起来,自己辛辛苦苦饿着肚子干的一件事,居然是个天大的笑话!泪水像雨水般落下来,落到鼠爸的脸上,咸咸的。鼠爸抱紧了小红鼠,心想,这孩子虽然有点皮,可心地善良着呢!

很快,这件事就被传到了学校,不过这次大家没有看不起她,也没有嘲笑她的傻,因为善良毕竟是可贵的。

重新定位

才不到几天，小红鼠就又成了学校里的大红人之一，不过这次可跟以往不一样了。无论她从哪儿走过，她的身后都会发出一声小小的惊叹："看！是小红鼠！"她好似自带光彩，走到哪都散发出自己的魅力。

说来也奇怪，自上次那事后，小红鼠就莫名觉得自己也可以跟学霸小白鼠一样，在学校里被大家所宠爱。她认为自己就像一盏明灯，一下子就照亮了大家平淡而无奇的生活，尤其是给平时那些表现不太好的孩子带来了希望，让大家知道原来成绩不好也能当上学校的明星呀！

这天下午，就一节语文课，剩余时间是每周一次的班队活动。不知道这个星期老师会安排什么活动。哇！向来严肃的班主任居然朝着小红鼠微笑。小红鼠在心里打了个冷战,不自在地嘀咕着:我最近没犯错误,表现应该还不错吧。老师那意味深长的样子,我还真不习惯。

"想必大家都知道小红同学的事了吧,虽然她被别人骗了,可她的出发点非常好,值得同学们学习。所以呢,我有一件事要宣布。"老师习惯性地抖了抖她那胖胖的身子,双手交叉在背后,踱步到小红鼠面前,"经过校委会的讨论,从明天开始,小红就是我们的中队长,主要负责调解班里的同学关系。"

小红鼠立马条件反射似的站起来,因为在以前,老师走到她跟前,都没好事,基本都是请家长来谈话。

"小红,你可不要辜负了老师对你的厚望啊!"

"啪啪啪……"班里响起了排山倒海般的掌声。

其实,这件事,校领导是经过深思熟虑的。小红鼠这孩子在学校还是挺出名的,她虽然学习成绩差了点,平时也比较调皮,老是好事没做成,反而办坏事,可她那善良、乐于助人和关爱别人的心还是很值得鼓励和表扬的。只要好好教导,适当鼓励,还是能成为一个有用之才的。

待小红鼠回过神后,她使劲地摇着头,觉得自己肯定是在做梦。

她永远也忘不了这一天,那感觉就像是一窝蜜蜂经历千辛万苦的跋涉,终于找到了一大片花田,十分幸福和满足。中队长这个职位,也可以让她像小白鼠那样趾高气扬地命令人了! 在这个世界上,还有比命令别人来得幸福的事吗? 没有了。哈哈,从今以后,她是一人之下万人之上了……

可是——世界上最怕的就是"可是"了——自从小红鼠当上中队长后,同学们就再也不跟她玩了,反而疏远了她。

小红鼠整天板直了眼,头往天上看,胸挺得老高,双手放在背后。每天上学,还没见着鼠影,就能听见她那"哼! 哼! 哼!"的鼠声了。走路也变成了踏步,踏得直直的,活像士兵走正步那样,整个模样就似一只丰子恺笔下的大白鹅,一副将军耀武扬威的作派。

小红鼠又开始在班里"巡逻"了。

"你,抽屉太乱,收拾一下!"

"你,去把窗户上的灰尘擦干净! 一会儿我来检查!"

"你,去把地上的垃圾清理一下!"

那个被命令的小鼠小嘴一扬,说:"可今天不是我值日呀。"

小红鼠一拍手,眼睛一斜,回道:"叫你做,你就去做,哪那么多废话。"

那个小鼠只好悻悻地拿扫把去扫,一路还在嘟囔着:唉,谁叫小红鼠是中队长呢!

……

"你,快去把黑板擦一下!"

就这样,小红鼠觉得大家时时刻刻都在议论自己,躲避自己,就连那四个"兄弟"也没以前那样喜欢黏着她了。她感觉原本风风光光、无拘无束的自己,现在变成了街头的流浪汉,没人理、没人管、独自奔波。小红鼠的世界渐渐变得灰暗,看着别人在操场上欢乐地嬉戏,而自己只能在一个黑暗的角落,仿佛永远也走不出半步。

这天放学,小红鼠走在大马路上,电线杆上的鸟儿一只只地飞离,连路边的路灯似乎也闪了几下,好像充满了对这个世界的疑惑。哎!我这到底是怎么了呀!每天这么尽心尽力地履行中队长的职责,连玩的时间都牺牲了,可大家却越来越疏远我了……

到了家,小红鼠无力地放下书包,做起作业。

鼠妈见了,一阵纳闷:最近不是表现挺好的吗?前段时间老师还特意打电话给我,表扬了她呢!今天这是怎么了?一定有事。鼠妈端着一杯热牛奶,悄悄地走进书房,问道:"小红,你这几天是怎么了呀?"

小红鼠皱着脸,下嘴唇无力地弹出,眉毛皱成了"八"字形,两只大大的耳朵也垂着,像只没找到肉的流浪狗。接着,小红鼠就把事情的经过向妈妈一五一十地讲了一遍,眼睛里好似有许许多多个小问号。也是,小红鼠实在不明白,自己到底哪里做错了,她可是老师特意任命的中队长。

鼠妈听了,偷偷笑了一下,先试探小红鼠:"小红,那我问你,中队长是干什么的?"

小红鼠听了,心中的小问号更多了,妈妈问我这个问题干吗呢? 于是很直爽地回答道:"当然是拿来命令人的呀!"

"错!"鼠妈一声短暂而有力的否定把小红鼠一下子震住了:那该是干什么的呢?

"呵呵,中队长,应该是引导大家来改善班级氛围的,你怎么可以去命令别人呢?"鼠妈把牛奶递给小红鼠,脸上既带着批评,又有些慈祥的微笑。

"哦!"小红鼠仿佛刚从梦中醒过来,并且记在了心里。

这天学校组织大家外出植树护林活动,小红鼠打算这次好好表现一下自己。

在大巴车上，大家有说有笑，小红鼠也有意地改变了自己之前的态度，倒是没觉得别扭。到了目的地后，老师让大家把车上的树苗搬下车。小红鼠率先跑过去，搬起两三棵放到附近的空地上，并大喊道："同学们，我们把树都堆在这里吧，待会好统一保管。"

同学们先是顿了一下，马上都反应过来，相视一笑，全都急匆匆地跑去搬树苗。

老师看着，感到特欣慰：这才是我教的孩子呀，前段时间同学们还跟我反映小红鼠的问题，看来她是进步了，这才是我选的模范典型呀！哈哈哈哈哈……不行，我还得再观察观察，万一只是一时兴起呢！

接着，学生们开始种树，一人种五棵。小红鼠像只训练有素的狼，十分快速，一下子就把自己的五棵树种好了。搁在以前，她早就找个地方偷偷休息了。这一次，她又急急忙忙地去帮别人了。

她先到小白鼠面前，见她一棵也没种好，还在那里发愁呢！原来，小白鼠种的树总是倒下来，她的坑挖得太浅了。"要先挖一个深点的坑……好了，你自己再种一棵看看。"

就这样，小红鼠帮了小白鼠，接着又去帮小蓝鼠，帮了小蓝鼠后又去帮小黑鼠,帮了小黑鼠后又去帮小瘦鼠……

　　一同过来的大巴司机见了,对老师说道:"你看,你班里那个长得很红的同学真是个好孩子啊!"

　　所有坚韧不拔的努力迟早会取得报酬的,此言信然。

好友失踪

"终于放假了,终于可以爽快地玩一回喽!"小红鼠真想烧了万恶的数学书,考试结束了,烧书又何妨?那感觉,就像在雪地上玩滑板那样刺激。这本数学书,害了她好多回呢!

最后,小红鼠决定:书还是不要再烧了,反正自己又不能不读书。做什么呢?

"哈哈哈哈……我要去找大黑鼠玩!"说着,小红鼠就丢下烧纸的剪刀、打火机,朝大黑鼠家跑去。

"咚咚咚!"小红鼠重重地敲了三下门,她可没有耐心去等人呢!

"谁呀——"屋里的人顿了一会,才问小红鼠。

"我是小红鼠,来找大黑鼠玩的。"小红鼠应道。

屋里的人开门了，是大黑鼠的爸爸，身后还有大黑鼠的妈妈、爷爷、奶奶。他们个个阴沉着脸，十分严肃。在小红鼠看来，他们的脸上就像涂了自己刚刚烧完纸的灰。

"大黑鼠呢?"小红鼠有些不高兴了，这家人今天怎么回事，让大黑鼠和我一起玩又有啥关系呢？我现在可不是以前的小红鼠了。真是扫兴，哼!

大黑鼠奶奶的眼泪一下子就冒了出来，就似一层透明的膜盖着脸。大黑鼠的妈妈也低垂下了头，沉重地叹了口气:"唉! 大黑他……失踪了!"

什么! 大黑失踪了!

小红鼠一惊，心中似乎有块巨石猛地砸下来。要知道，大黑可是她的铁哥们。"他是怎么失踪的?"小红鼠问。

"昨天考完试就没回来……呜呜呜呜……"大黑鼠奶奶一边打着自己的头，一边说着，"都怪我，昨天一定要在家看电视剧，去接他时迟到了，我可不能没有孙子呀!"她在用这种方式责罚自己。

小红鼠听了之后心一紧，嗯! 看来最近得好好提防着，不要落入陷阱。特别是——猫的手里!!!

"那我走了，再见。我要……没什么。"小红鼠没说后半句话，她不想此时再在大黑鼠家人面前提及大黑，更不想让他们知道自己要去找大黑鼠。

小红鼠决定先回家,准备一下。

走在路上,她看见了一个东西——一串小铃铛,而且,这可是大黑鼠最爱的小铃铛,他总是随身携带的。小红鼠弯下腰,将小铃铛小心翼翼地拾起。啊!有血,几滴红红的血在小铃铛上,也印在了小红鼠的心里,鲜红鲜红的。

难道大黑鼠被谋杀了?

真是离奇啊!哎!没办法,我还是去找小蓝鼠一起商量对策吧,反正咱们几个是好哥们。

小红鼠一路都悬着心,时不时地回头几下,嗯,确认安全。她那缩头缩尾走着,紧张害怕的样子就像一个小偷,生怕被人发现。"唰唰……"起风了,路边低压的树丛顺风摇摆起来,也不知道是哭还是在笑。小红鼠耳朵一竖,猛地转身一瞧:"谁!"哦!原来只是树丛被风吹而发出声音。心思中的猜疑有如鸟中的蝙蝠,它们永远是在黄昏里飞的。

"咚咚咚!小蓝!是我,小红。"小红鼠敲着门,想着:待会儿,我先和小蓝一起吃个冰激凌,玩会儿拼装,再商量。

"咔——咔!"门开了,来开门的人却不是小蓝鼠,而是小蓝鼠的爸爸。让小红鼠惊讶的是,小蓝鼠爸爸也有着浓浓的黑眼圈,活像一个国宝大熊猫。可听小蓝鼠说,他爸爸非常注意健康的,晚上九点准时睡觉,早晨七点起床,怎么可能有黑眼圈呢?

"您……没睡好?"小红鼠问。

"呜……呜,嗯! 我的确没睡好,是因为……因为,小蓝他失踪了!"小蓝鼠爸爸现在的样子就像是只软弱的小蠕虫,只能无力地趴在地上,之前意气风发的壮士模样早已消失在九霄云外了。

什么?! 小蓝鼠也失踪了?!

难道,小蓝鼠和大黑鼠有同样的遭遇?

小红鼠此时再也淡定不了了,思量了一下,决定当个小侦探,不过不是真的侦探——毕竟自己也有点害怕——所以只是不那么专业地做点侦探做的事情。

"那么,小蓝鼠是什么时候失踪的呢?"小红鼠一边问,一边幻想着自己是大名鼎鼎的福尔摩斯,身着大风衣,头戴圆礼帽,左手持手电筒,右手拿放大镜仔细观察。

"就在考完试后,我让他自己回家的。他还打电话告诉我,他要去摘些花再回家……"小蓝鼠爸爸说着,就从大口袋里拿出一小束花,然而,花上面有血!

什么，难道小蓝鼠也遇到危险了？小红鼠跟小蓝鼠爸爸道了别。走出门，抬头看看，天已黑了。唉，还是先回家睡觉吧，待会儿我爸妈也该着急找我了。

今夜，月亮似乎也被什么吞噬了，躲了起来。天，黑压压的一片，好似天官中永远流不完墨汁的墨盘被打翻了。

小红鼠脑袋左右不受控制地摇晃着，她在做噩梦。"啊——"突然，小红鼠醒了，喔！原来只是一场梦！真是吓死了！就在这时候，小红鼠看到了一只猫在窗外！这只猫瞪着黄澄澄的大眼睛，只有中心是黑眼珠，在夜里一直闪着淡淡的荧光。猫十分沉得住气，如果它不动的话，还会被认为是一只假猫呢！就在这时，猫轻轻踏着步子，用舌头把嘴舔了一遍，一边不停地咽口水……

小红鼠明白，小蓝和大黑的失踪，是一个警告，也许下一个就是自己，或者爸爸妈妈。"得想办法保护所有的家人和朋友！"小红鼠脸色凝重，做出了一个重大的决定。她要用自己的努力救出小蓝和大黑。

找 个 助 手

自从小红鼠那晚看见了大眼猫,她就真的开始行动了,她要预防猫来偷吃老鼠!

嗯!侦探,都是有帮手的!去找谁好呢?……对!小花鼠,她胆子比较大,体型又小,涂迷彩也省钱,就她啦!小红鼠想着想着,就笑了。她幻想着自己是个大明星,就像柯南一样人人皆知,身后斗篷一摆,无数小鼠便痴痴地看呆了……

这天,小红鼠吃完早饭,就急匆匆打电话,约小花鼠在公园集合。

小花鼠一听是有重要的事情,可高兴了!要知道,在长假里,小红鼠找人通常只有一个目的——把新买的玩具拿出来一起玩,或者分享好吃的东西。那小红鼠干吗要那么大方呢？因为在小红鼠楼下住着一只比小红鼠低一年级的小铃鼠，她总是上来找小红鼠玩。小铃鼠很坏，听说学习成绩好，其实是收买了别人抄答案的。可大家都被蒙在鼓里，什么也不知道。所以小红鼠妈妈总是表扬小铃鼠，要把女儿的东西借给小铃鼠。小铃鼠把吃的全吃掉也就算了，连玩具也不放过，总是装作不小心把玩具摔坏。所以，小红鼠总是要提前把好东西"消灭掉"。

小花鼠想着，可以享福喽！

下午，二人如约到了公园里。寒风瑟瑟，冬天就像一个恶魔蹂躏着大地上的一切，公园里走路的人们都不禁裹紧了厚厚的衣裳。树的叶子全掉光了，只留下光秃秃的树枝与雪作伴。小花鼠孤零零地站在路边，眼巴巴地瞅着过往的每个行人。她视线一转，看见街另一头的小红鼠。

"你过来。"小红鼠把手摇了摇，示意小花鼠过来。

小花鼠看着小红鼠，先吞了一口口水，又舔了舔嘴唇，呵呵，马上就有好东西吃了，就左瞧瞧，右瞅瞅，小步跑向小红鼠。

小红鼠一改往日的样子，故作神秘地说着："在我说之前，你得先做好心理准备，千万别被吓到了。"

小花鼠点点头，她还在心里猜着：真不知道小红鼠今天会带什么,是奖杯、巧克力,还是电动机器人、赛车一体机? 哎哟! 真没想到,一放假就遇到这么大的好事。

小红鼠用自己独有的"心理眼"看完了小花鼠心中的想法,便说道:"事情是这样的……这可能跟你想的不一样。"小红鼠讲完后,真有点担心小花鼠不会加入,但又想想,凭借着自己的三寸不烂之舌,又有何不能呢?

小花鼠听了,心中的一汪清泉瞬间变成一摊泥水,小红鼠的那句话就像一根木杆,将水底下的泥全搅了上来。小花鼠想立马拒绝,慌张地说:"这跟我又有什么关系?"

小红鼠的失望和难受简直无法形容,难道面对朋友失踪就这么撇清关系吗? ……可是没有帮手自己也做不了什么事情啊! 怎么办?

小红鼠清了清嗓子,她小心翼翼地从身后的袋子里拿出一张纸,如在国旗下讲话一般庄严地朗读着:"我,小红鼠,任命小花鼠为'莫名其妙的失踪'案件中的第一长官——小红鼠的助手。因小花鼠品德优良……双方签字后生效。"说完,小红鼠就拿出笔帅气地签上了自己的大名。

小花鼠就像个机器人一样,一个劲地直摇头:"我……我不去。破案这种事,还是留给警察叔叔去查吧!"

小红鼠一瞥小花鼠，眉头一皱，计上心来。"哼！如果你不去，说不定接下来的被害人就是你哦！"

小花鼠一听，浑身的毛孔顿时锁紧了：下一个被害人会是我？我可不想小命不保呀！可是，我真的不想参加危险活动呀！

"可是，我妈不会同意我去呀！"小花鼠赶紧编个理由。

小红鼠看着小花鼠刚才的表情，微微一笑，看来小花还是怕，于是又做出一副神圣的姿态："探案这件事，是非常伟大的。你想想，如果你像柯南一样，那你走在路上到处都会有人跟你要签名、合影；即使做不成柯南，如果成功破了案，也可以拿奖金喔！这样在学校里多风光呀！我想你妈绝对会同意的。再说我们刚开始可不能告诉父母……"

小花鼠咬着自己那像根竹签似的手指头，想着小红鼠的话也不无道理，显摆威风的事人人想干，但是，命似乎更重要啊！万一……想着想着，体内的各种害怕穴又开始紧缩了。

小红鼠马上又念起那"紧箍咒"，还不停地拍着胸脯、跺着脚："我保证，你不会受到任何伤害，有危险的事都由我干！你同意吗？"她真希望小花鼠马上说个爽快的"好"！

"那……那好吧！不过你要确保没有生命危险。"小花鼠终于同意了。因为她一想到能做只威风的鼠,站在台上被校长当众表扬,就觉得神气极了!

我得给她再吃个定心丸,小红鼠心想。

"好! 就这么定了,明天此时再来,我带水晶果冻给你吃。"小红鼠把大拇指朝天上举了举,那得意劲就如同胜利在望。

一听到有吃的,小花鼠立马就来劲了,脑子里顿时浮现的全是一个个五彩缤纷的水晶果冻! 真是上有西餐,下有果冻。呵呵,明天就能吃到果冻。看来,这也不是件坏事,初衷不是也达到了吗? 小花鼠在心里快乐地想。

有时候,担当大任的人满怀忧患;而满足于现状的人却充满简单的快乐。小红鼠望着远去的小花鼠的身影,暗暗感叹。

准备出击

　　人员就这样定好了。小红鼠满意地坐在书桌前做着准备。书桌是木制的,呈深棕色,桌上放着一张电热垫,在这种寒冷无比的冬天里,如果没有电热垫,手很快就会被冻得发紫。在桌子的靠右边,摆着几本厚厚的《福尔摩斯探案集》,封面有红的、黄的、蓝的……

　　看来,小红鼠为了探案做足了准备呀!

　　嗯! 我要为小花鼠做个好榜样,一定要认真、负责。从今天开始,每晚七点半到十点半,就是我的阅读时间。哼! 我就不信,这么努力也不能成功! 小红鼠想着,拿起第一本书睁大眼睛看起来。小红鼠身子直得像块木板,两眼盯着书本,不放过任何一个字,甚至一个标点符号。她的表情随着书中情节的变化而变化着,时而嬉皮笑脸,眼睛变成一弯新月;一会儿低吟沉思,两边眉毛便挤到了一块儿,变成了一个又浓又黑的小团。

"嗯!嗯!……喔!是这样呀!记录一下。"

深夜了,这会儿小红鼠还在认真看书呢!呵!瞧,像位小老师一样。唉,人都是这样,如果想做,就会拼尽全力去做。

月亮披上了长长的纱袍,在黑暗中显得闪闪发光。在天空中闪着的几颗星星,像一群顽皮的淘气鬼,一直围着月亮转着。仿佛月亮是个飘飘的仙女,星星是一群崇拜者。

"呼呼……"是谁发出的声音呢?原来是小红鼠呀!她在干吗?什么?她在睡觉?!刚才还在"认真学习"呢!

小红鼠睡了二十几分钟就醒了。啊!怎么回事,我怎么睡着了?不行,为了探案成功,一定要发愤图强!怎么可以睡觉呢?小红鼠又拿起书,把鼻孔张得像个核桃,费了半天时间把自己的耳朵打了一个结,远远地看,颇像一只没耳朵的老鼠戴着一个蝴蝶结。她的眼睛随着书页上的字飞快地移动着,小红鼠看得入神,仿佛自己就在这个现场,也许自己在书中的作用并不大,但还是可以让人家知道的。

过了一个星期,小红鼠终于把五本《福尔摩斯探案集》

看完了。她数数零花钱:一元,三元,四元……二十八元,四十八元,五十元!刚好五十元,万一有危险怎么办?嗯!去商店买把小飞刀。这种事也就不用麻烦小花鼠了吧。

这天下午,阳光终于来上班了,把它那亮金金的"金子"洒满大地。树儿享受着"金子"的温暖,一些小野花也难得受到这般沐浴,个个都努力地向上蹿。

小红鼠踏进商店,左瞅瞅,右瞧瞧,想起了书中说的百科知识。刀锋不锋利,要看顶头,如果是圆头,千万不要买,要买尖的。另外色泽也很重要,太暗的颜色不要,太亮也不要,那不仅容易被发现,而且刀质都比较软,要选色度饱和的。小红鼠想着,便看中了一把小刀,这把小刀和水果刀有三分相似,但它的本质,还是做小刀的。刀的把柄是黑白结合的,两色一格一格地互相交织,十分有格调感。

小红鼠翻动着小刀,多少钱呀?她感觉这把刀应该在五十元以内,于是她拿起刀,朝收银台走去。

"多少钱?"小红鼠说着,就去翻自己的口袋。左口袋,没有!右口袋,没有!这下可好了,钱是丢了还是没带呢?明天我们可就要行动了。她开始慌张,咦!裤子后面是什么?居然还有口袋呢!一下子,她就像孙悟空那样跃地而起,来了个后滚翻。呵呵!果然在里面,天不灭我!

收银员瞪大了眼看着小红鼠，还没回过神，小红鼠就"嗖嗖嗖"地来到了他面前。"小朋友，这把刀十五块钱。"

机智如我！就知道这把刀不贵。"给，十五。"小红鼠付了钱，立马拿着刀跑了出去。刚到门口，就看见了如帘子一般挂下来的雨景。

哎？怎么下雨了，刚才还是烈日当空呢。小红鼠想着，想着，雨，下着，下着。也许，最美的不是下雨天，而是下雨时与小蓝鼠一起躲过的屋檐。那种感觉，真的非常非常的……

小红鼠觉得自己再也不能浪费时间了，她必须加快脚步了，不然小蓝……一想到这，她就飞快地朝家中跑去，哪还顾得上有没有雨。她已经迫不及待地想试试这把刀到底好不好用了。刮什么东西呢？刮石头？不不不，太硬了。刮泡沫块？不不不，太软了。刮什么好呢？嗯，刮猪肉。

"刮刮刮，刮刮刮……"小红鼠随意把刀用水冲了两下，就把冰箱里唯一一块肉拿出来刮了。

"咔！"肉成了两半？不，刀断了！刀断了！刀断了！重要的事情说三遍。

什么？！山寨货！刮肉也会断，上当了！小红鼠在心里大叫一声。顿时，她的内心被怒火包围。

迷魂神药

"头望窗外,低头见刀,刀是硬物,不足惜之。"小红鼠坐在书桌前的椅子上,看着这把断了又被粘起来的刀,不禁吟咏起自己刚作的《窗见刀》。哎!刀是硬的东西,如果想抓住凶手,很容易就被发现,嗯,我得找些软物。

软物?用什么好呢?毛绒球?不不不不,一点杀伤力也没有。一定要那种不为人知的,十分突然的。用什么好呢?小红鼠右手摸着下巴,眼盯着地面,看到了自己最爱的柠檬香水。喔!知道了,就用那个——迷!魂!药!

小红鼠以查作业为理由,搞到了手机。搜一搜,哟!这么多结果,选哪一个呢?就这个,看起来十分有科学感,就是它了。小红鼠用笔在自己的奥特曼小本子上记了长长一大串配方:

（1）二十克石膏粉，加十克自来水，搅拌均匀。

（2）取出烟花爆竹内的药粉，五克，最好只使用一种烟花内的药粉，与之前的石膏粉水一起再次搅拌。

（3）空气清新剂，什么口味都可以，取出二十五克，放入搅拌好的水中。

（4）完成！

小红鼠看着单子，石膏粉？是不是墙上的白粉弄一点下来就可以了呢？管它三七二十一啦！去刮石膏粉。

用什么刮呢？普通美工刀可以吗？应该可以的吧，提上颜料桶，到书房的白墙上刮吧，那里的白墙比较老了，好刮。

"啦啦啦！啦啦啦！我是刮墙的小行家，什么白粉都要呀……"小红鼠一边刮着墙，一边引吭高歌。那声音，如流水一般动听，像膏粉一般细腻，可谓是"此曲只应天上有，人间能得几回闻"呐！

刮了半天，墙的面容瞬间变了，好似有一个个水洼长在墙上。小红鼠瞅瞅桶里的白粉，二十克？差不多了吧！小红鼠小心地放下杯子和美工刀，又往后走了几步，心里想想:我这个整容医生,还是"不错"的嘛!

加水! 没有烧杯,怎么办? 十克究竟是多少? 算了,凡事求"差不多"就可以了。黑暗料理,现身! 小红鼠看着,白水一团,哎呀,这个颜色怎么这么像人类杀害我们的老鼠药! 小红鼠迈着轻盈的步子走向前闻了闻,嗯! 石膏的味道,又似无味。反正迷魂药这种东西总是这么神奇,小红鼠的自我安慰脑洞瞬间爆发了。

最后还需要烟花爆竹。这个可容易了,去年过年玩的满天星还有一大堆呢。不过听说那个里面的药粉是有毒的,少放一点吧! 就放一克。"搅呀搅呀搅呀,我们一起来搅搅。"小红鼠又唱起了她自创的山歌。

小红鼠看着这搅拌好的水,又想想,这水,加上一些山上采的枯树枝,会不会更好呢? 不不不! 上次爷爷去山上摘灵芝,差点摔个半死,更何况像我这样衣来伸手,饭来张口的小鼠,太危险了,算了。紧接着,小红鼠的脑子里不断涌出一大片陡峭的山峰:一座又一座高耸入云的山峰,远远地望是一幅雄伟的山画;近距离一瞧,呵! 真让人毛骨悚然,浑身都要起鸡皮疙瘩。

空气清新剂这东西好找得很,哈哈! 小红鼠一想,把一盒都倒进了杯子里。"浸透! 浸透!"小红鼠看着空气清新剂的凝块,愣住了,不对呀,迷魂药应该是粉做的,现在怎么变成是用手帕拿来沾水呢?!小红鼠的脸一下就变成了一个"冏"字。哎呀!管他呢,只带个手帕不是更方便吗?

"当当——!小红鼠独家迷魂手帕!"小红鼠把手帕朝天空举了举,如旗帜在天空中飞扬。她看了一会儿"旗帜",啥?白色手帕,我可不投降。

这迷魂药到底有没有用呀?小红鼠用右手摸摸下巴。得试一试才知道,试谁呢?妈妈?不不不不!妈妈一个女流之辈,身子又比较瘦弱,万一真的被我的迷魂药害死了,那可不好了;爷爷?不不不不,爷爷老了,身体不好,而且爷爷要是不在了,就没人像爷爷那样疼我了,不要……就爸爸吧!爸爸健壮。好!就爸爸了,不过,还得跟爸爸商量商量。

"爸爸,那个……这个,那个……我想跟你商量件事儿……"小红鼠迈着小碎步,一下前进几步,一会儿又退后几步,还时不时把眼睛朝上瞅几眼,哎!这种事还真难说出口呀!

"喔?什么事?"爸爸放下报纸,整了整眼镜,温柔地看着自己浑身脏兮兮的女儿。

"那个,我做了一种迷魂药,想……想让您试试看效果怎么样?"小红鼠说完最后一句话后,顿时感到心里舒服了大半。

鼠爸一听,嘴一下变成了"O"形,愣了半天,然后哈哈大笑起来,眼泪都笑出来了,说:"哎!我的小红鼠,什么时候这么厉害啦!了不得嘞!会制作迷魂药了。你做这个干什么呢……哈哈哈……"

"爸爸!我真的做出来了!要不您试试?"小红鼠对刚才爸爸的话语有些气愤。

"好好好,试试就试试,来来来!"鼠爸一屁股躺在沙发上,心里偷乐着:一个小屁孩,能干什么呀?哈哈哈哈哈……

小红鼠拿出手帕往爸爸鼻子上一盖,又小心翼翼打开手帕。什么?!爸爸的眼睛闭上了。

"爸!您别骗我!快起来!"小红鼠不断地摇着鼠爸的身体,"爸爸!爸!您别睡呀!"小红鼠的泪水一下子全涌了出来,像蜘蛛网的洞一般多。会不会是这个手帕太臭,把老爸熏了?不可能,快送医院,不然爸爸要……那就糟了……呜呜呜……

"妈妈!妈妈,爸爸昏倒了!"小红鼠满脸焦虑地喊着。

长久没用的电风扇，"咔咔咔咔"地响着，马上要坏了。客厅桌上的开水杯已经没有一滴水，干巴巴的，没有一点生气。妈妈披着围裙急急忙忙跑了出来。

在小红鼠家的屋顶上，有一只乌鸦徘徊着，还"啊！啊！啊！"地叫着。

"快送医院！"鼠妈回过神来，双手往脸上一拍，眼睛顿时血色猛起。

"嘀嘟嘀嘟嘀嘟……"医院的救护车终于来了，很快就将鼠爸运走了。

小红鼠站在爸爸的病床前，在心里思量着：爸爸这次昏倒了，说明这迷魂药是有用的。幸好爸爸没有生命危险啊哈哈哈……我真是太机智了，赛过诸葛亮啊！呵呵！嗯……如果这自制迷魂药被醒来后的老爸发现并没收了，那我的苦苦心血不就白费了！嗯，我得装得乖一点，告诉老爸，我早就把这危险的东西丢掉了。这谎言是为了救我们家族，也不算撒谎了！她自己安慰自己。

阳光偷偷摸摸地爬进鼠爸的病房，一点点，一点点地溜到鼠爸身上。鼠爸被阳光照醒了，"啊——"他伸了一个长长的懒腰。他脸上苍白了许多，就像一块十分老旧的白色抹布。他心里一阵慌：没想到，女儿竟然真的制造出了

迷魂药。嗯！不能再让下一只老鼠被害了……得想办法让女儿把这"害群之马"一样的东西丢掉。

"爸爸！"小红鼠"安顿"好迷魂药后，急急忙忙地跑进病房，双手做出拥抱的姿势。

鼠爸抱了一下女儿："女儿，爸爸问你一个问题，你能不能把迷魂药丢了呀？"鼠爸一直赔着笑脸。要知道，他这个女儿呀，可真不好对付呢！

"放心吧！爸爸，我早就丢掉了。"小红鼠摆着如向日葵般的笑容。

"好！"鼠爸把小红鼠抱着，"我这女儿，什么时候这么乖的呀！"

阳光看到这般情景，脸蛋上有些发红，她轻盈地一笑，跑出了窗户，亮堂堂的房间里，瞬间又黑暗了。

拥枪不易

哈哈，迷魂药有了，接下来再来一个实力派。看电视上的美国大片都用一种神奇的枪，叫什么来着？对，电击枪。小红鼠在下巴上摆着一个"我很帅"的手势，眼中闪过一道黄中带绿的"帅"电。那个可神奇了，按钮一按，"吱"的一声，一道电光迅速射击敌人，敌人一下子就被电昏了。而且，有了电击枪，在学校里我看谁不顺眼，就电一会儿谁，让他尝尝痛苦的滋味吧！小红鼠喜滋滋地想着，不过一想到自己也是一个中队长，就连忙否决了自己的想法。

这一刻，雷公电母和雨神集体出来郊游，雷公不停地敲着他的鼓，"轰！轰！轰！"，一阵阵雷声传来了，闪电也来了！电母欢快地摆弄着她的叉子，这无声的举动却无比耀眼。雨神走到哪儿，顷刻哪儿就会下起滂沱大雨。

小红鼠看看窗外,哦! 瞧瞧这闪电多炫啊! 如果我有能掌控电的电击枪,那真是太酷啦!

小红鼠打开妈妈的手机,翻看着淘宝商品。"电击枪,电击枪,哇! 看上去都很专业。哎! 这把枪最有风格,而且特价二十八元,就是你了。"小红鼠经过妈妈同意后,买了这把枪。她每天放学回家后,都要看一遍这把枪的图片,真是越看越喜欢。

盼星星盼月亮,小红鼠在网上买的电击枪终于盼到了。她连忙撕开包裹,哈哈,电击枪终于到了。瞧瞧,这枪,黑色的皮外壳,摸起来手感极佳,弹力十足。"电池盒在哪里?"小红鼠心里嘀咕着,哈哈! 在这里。电池一装,小红鼠顿时感觉见证奇迹的时刻要出现了,一按按钮:"你是我的小呀小苹果……"枪发出了歌曲《小苹果》的声音。什么?! 怎么不放电? 小红鼠猛烈地摇晃了几下脑袋,眨了眨眼睛,她再次按下按钮:"你是我的小呀小苹果……"

哦! 天呐! 我竟然买了把无用的玩具枪,哎! 二十八元钱就这样浪费了!

哎! 网上买的东西还是不靠谱。不过,凭我的聪明才智加上科学老师的一点指导,改良一下应该没有问题的。

小红鼠四处游荡,心里想着科学老师的面容:成天戴着一副镜片像玻璃杯底一样厚的眼镜，肯定近视已经八百多度了。整天板着个脸，怪不得是教科学的，生硬，让人一看就是一本万年教科书。

小红鼠心里明白这一点，要求科学老师办事，行不通。她静静地坐在座位上，这可真是难得的场景。她望着窗外，一只肥大的小松鼠正在独自玩弄着一片树叶，它似乎不愿意与兄弟们分享。一只瘦弱的小松鼠玩不到，眼珠子骨碌一转，忙去摘了几颗大松果，献给一只成年松鼠。那只成年松鼠见了，脸上一笑，思考了一会儿，命令肥大的小松鼠把树叶让给瘦弱的小松鼠玩。不一会儿，就看见那瘦弱的小松鼠在摆弄自己的战利品了。

小红鼠若有所思，眼睛直直地盯着。这难道是天意?! 哦，有了！听说科学老师的母亲很热情，对了，讨好科学老师的母亲！

"嗯！讨好科学老师的母亲，据悉科学老师的母亲喜欢化妆啊！对了，妈妈不是又买了一套化妆品吗？还没用过呢！不如，向妈妈求情？呵呵！"小红鼠坐在位子上，痴痴地望着窗外，不由笑着。

向妈妈要化妆品？一定要体现我是为了学习而奋斗的，要沉得住气，慢慢磨。

"妈妈！我想跟你商量个事。"小红鼠嘟起小小的嘴巴，那样子像极了刚出生的小鸭子。

"嗯？与什么有关呀？"鼠妈一边看着狗血剧，一边问着。

"与学习有关。"小红鼠眼里充满了学习的激情。

这话可让鼠妈一惊："哦！什么事？"学习！我这个女儿可从来没问过我关于学习的事。她马上按了暂停键。

"那个……这个，我想跟科学老师问一下电击……不！讨论一下电子原理，对！电子原理。"小红鼠差点说漏嘴，不过，电击枪和电子原理应该没什么两样吧？"但是，科学老师太不近人情，我想了想，也只有孝敬老师的母亲了。所以……我想把你刚买的化妆品送给老师的母亲，也许这样科学老师才会利用休息时间辅导我。"

"什么？……哦！不！"鼠妈一惊，那可是我花了三百九十八元买来的三件套呀！就这样送人家……不过，既然女儿难得为了学习，做家长的我必须成全她。心痛就心痛吧！"好，那你明天放学去找那位老师的母亲。"

一天过去了，这天放学，小红鼠到了科学老师的母亲家。科学老师的母亲家朴素简雅，还有专门喝茶的地方。一张长方形的小桌，摆上三三两两的茶具，显得格外幽静。

屋顶倒挂着一把把有青花圆纹的伞。这般景致,看不出科学老师的母亲爱化妆啊!"您好,我是您儿子的学生,我想向他学一学电子原理。不知道可不可以呀?"小红鼠一边朝老师的母亲笑着说,一边拿出要来的化妆品,"这是我妈妈的一点薄礼。"

科学老师的母亲放下茶杯,定睛一瞧,哇!这不是新上市的迪奥三件套吗?本就想买,一直舍不得。不过科学老师的妈妈拒绝了,说:"孩子好学,是最好的事情了。礼物就不用了,明天你去和老师学习吧,我会和他说的。"

辞别科学老师的母亲,小红鼠感觉自己太世俗了,总想着用礼物贿赂大人,以为每个大人都和自己一样——这么想着,顿时脸红了。她暗暗下定决心,要好好学习,不辜负大人们的期待。

第二天,小红鼠就跟科学老师学起了制作电击枪。

一个星期后。

"哒哒!看我的电击枪!"小红鼠带着电击枪,在家里射来射去,去烧纸!呵呵,先烧上个学期的英语书!

"哈哈!我有电击枪啦!"小红鼠一阵欢呼。

喵突来也

　　"Hello！我是一只猫，在大家眼里我只是一只又馋又懒还只会喵喵叫的猫。我总是挨揍，主人总说白养我了，怪我从来不抓老鼠，他们根本就不知道老鼠吃起来是多么血淋淋，一点都没有小鱼干好吃。主人还总说我恶心，在他们衣服里拉屎。其实是因为主人没有给我开家门，让我找到地方拉屎罢了。我也算干净的啦！拉了屎也会用那个叫衣服的东西盖一盖。还有，说什么我只会打碎东西，人家那叫审美，你们不懂罢了。我就是想摸摸那个漂亮的花瓶而已！也不知道我遭了什么罪，总是被主人数落。哎，人家只是一只小猫啦！前几天，我在花园里遇见了两只小老鼠……"一只叫炸毛的猫在花园里嘀咕着，回忆着自己的一段光辉的历史：

"哈哈！哈……"小老鼠手中抓着几朵花，大跨步地在花园里溜达。

　　"啊！真饱！"小蓝鼠一屁股就坐在草地上，后来便干脆躺下了。

　　"嗝！啊！真是太饱了。瞧瞧这阳光多好呀，我们躺在草地里睡会儿吧！"大黑鼠也躺下来，望着这片草地。阳光像个顽皮的孩子，跟着他俩的影子捉迷藏。

　　可这两只吃货似乎不那么配合阳光，"呼……呼……"，就这样睡着了。

　　炸毛迈着轻盈的步子，走向花园，他深深地吸了一口气，真是好空气啊！咦，那是什么？两只小老鼠！其中一只还鼓着肚子呢！

　　"哇！老鼠，真是'瞎'猫碰上'死'耗子！"炸毛眨巴着眼睛，用爪子碰碰老鼠："呵呵，让主人再说我不抓老鼠，你看，这不是'不鸣则已，一鸣惊人'吗？我一出手就抓了两只十分肥的耶！哈哈哈！终于可以去邀功了，不知道主人是会奖励我一条鱼呢还是一个毛线球？不过……我不爱吃老鼠。"猫用爪子使劲挠挠头，有了！先关到笼子里去，这样这两只可怜的小老鼠就不会跑了。

　　一天马上就要过去了。

小蓝鼠和大黑鼠醒了。

"啊！我们这是在哪里？啊！这不是笼子吗？我们被关在笼子里了！"

"哇哇哇……怎么办？"

两只小鼠互相抱在一起，泪水就像瀑布一样哗啦啦地流下来。

小蓝鼠哭了一会儿，才下意识地知道，自己应该冷静一点，哦？可以试试能不能用牙齿把笼子咬开一个口子，然后逃出去。来！用上我的超级金钢牙：啊？这么硬！……没事，老师不是常说"滴水能把石穿透，万事功到自然成"吗！

这时，猫来了。

"喵！小老鼠，我来看你们了。"

它不像别的猫，一瞧见老鼠就瞪着能射出冷光的眼睛，张开锋利的爪子，而是温柔地对老鼠说："我叫炸毛，你们叫什么名字呀？"

大黑鼠一看见是猫，便发出了阵阵冷汗。他倒在地上，双手向后支撑着，心里想：这猫看来是在故意逗我们，再将我们吃掉。

"亲爱的猫大人，我叫小二，就是店小二，让人使唤的。

他叫小一。小的认为,您一定是拥有高贵血统的猫。"大黑鼠结结巴巴地说。

炸毛第一次听见有鼠夸赞自己,惊奇得想哭。它又想想自己过马路的事,就气愤地说道:"你骗人,如果真是你说的那样,那为什么我一走到马路上,就像过街老鼠样,别的猫都远离我?"

小蓝鼠觉得按大黑鼠这种思路说下去,自己肯定只有死路一条,于是未等大黑鼠开口解释,他就抢先一步说:"它们那是嫉妒您,看您毛发好。"

炸毛听了,又瞅瞅自己的皮毛,嗯!好像有道理,嘿嘿!第一次有鼠真心夸奖我耶!这感觉,真像是飞入云霄,躺在层层棉花糖般的云朵上,又甜又香,睡在上面,还能做一个又一个蜜糖般的梦,好似在天上飞,自由自在,无忧无虑,更加不用看主人脸色了。

"你瞧瞧吧!这真是无与伦比呀!那能不能……"小蓝鼠刚想引入自己的正题,就被炸毛打断了。

"好了,别说了,我知道你们想让我放了你们。不过,现在不行,等主人过几天回来后,我向他邀功后,就第一时间释放你们。因为我不爱吃老鼠!"

大黑鼠和小蓝鼠听了,悬着的心终于放下来。上天保

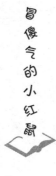

佑,一定会逢凶化吉的!他俩暗暗想,脸上不由得肌肉松弛下来,整个的神经都放松了。

没过多久,大黑鼠再次"呼呼呼"地睡着了,小蓝鼠却怎么也睡不着,他想家人、朋友,还有那令人讨厌的小红鼠。

茫茫的河水中那轮又圆又大的明月,在河水中撒着浮动不定的银辉。在水波的辅助下,月光好似变换着的魔镜,一会儿是椭圆,一会儿是正圆,一会儿又被风儿吹成长长的银蛇飞舞着,给人带来无限的遐思。小蓝鼠的夜,显得那么的漫长。

明天,自己会怎么样呢?

探案开始

一切准备就绪！哈哈，快，把小花鼠叫上，到时候一起去找不同颜色的泥抹在脸上，哇！那就是一种特击队的感觉呀！小红鼠决定先把小花鼠约出来。

小花鼠一出场，就是街头小混混的行头：破了十几个洞的牛仔裤，腿是露得随处可见。上身的白 T 恤也不成样，每个边边角角都有暴露的危险。

"哎！吓死我了，把衣服穿好！知道没？"小红鼠一看见小花鼠这个模样，立马开启自己的狮吼功，"而且，这事跟你提过多少次了，你还不长记性？！你可是著名探案家——小红鼠的助手呀！"

小花鼠顿时感觉自己像被大象踩在脚下的弱蚂蚁，十分泄气。但是她转念一想，觉得小红鼠说的也不无道理。

"好吧,不过,这次我们是不是应该行动了?"

小红鼠双手叉着腰,瞟了一眼小花鼠:"那当然,不然叫你来干什么?"

小花鼠这才仔细打量小红鼠的"全副武装"——家中没用的毛毯剪下来的花布制作的衣服,腰上别着一瓶过期的迷魂药和一把仿佛一碰就断的小刀。脸上用颜料画着横七竖八的彩色线,像掉进泥坑里一样。

小花鼠想,这模样,虽然没啥实际作用,但看起来还不错。"嗯,我也去换一套,你等一下。"

……

小花鼠回来了:"哒哒! 怎么样? 现在可以去探案了吧!"

"嗯,还行,走吧!"小红鼠把小花鼠从头到脚瞅了个遍,心里想着,这才对嘛!

她们沿路边查边走,就来到了小蓝鼠摘花的公园。其实也不是公园,不过是一栋别墅的小花园罢了。

二人一来到小花园,哇! 鼠间天堂呀! 中间一大片绿色生态草坪,但凡有一点阳光,整个草坪就会呈现出无限的生机。小花园的四周都开着各色小花,红的,白的,黄的,紫的,蓝的,真是数不胜数。

两只小鼠都被眼前这美景吸引住了。小红鼠突然把头一摇,心里想:不! 我可不能被这"美色"给诱惑了。她使劲拍了一下头,对小花鼠喊:"快! 你先去仔细搜查下!"

小花鼠被小红鼠这么一叫,才清醒过来,她看了一眼小红鼠,垂着头,走到草地上。左瞧瞧,右瞅瞅,嗯! 没什么,来,我再在整个草地上转转,看看有没有什么线索。

小花鼠悠闲地在草地上散步,一会儿轻盈地迈着小碎步,一会儿跨开步子轻盈舞动,时而是优雅的芭蕾,时而又是豪放的街舞,她完全沉迷在花园中了,把小红鼠交给自己的任务抛在十万八千里之外了。

此时的小红鼠呢,也没正经。她独自跑到垃圾桶边,翻了个底朝天,仅找到几块奶酪和蛋糕碎屑。啊哈! 美食和阳光都有了,开始全面享受一次肌肤阳光浴吧! 今天,可要美美地睡一顿了!

那边的小花鼠跳着跳着,就累了:"大好的阳光,就睡会儿吧!"也是呀,这样柔软的草坪,这样温暖的阳光,谁不想睡上一觉呢?!

……

"呼! 呼! 呼……"

……

"呼！呼！呼……"

响亮的呼噜声此起彼伏,惊天动地,好不热闹。

"小花鼠!"只听见一声如雷公打雷般的巨响。

"哎……哎!"小花鼠还没醒来呢! 她看着小红鼠,下意识地把双手放在背后,不安地摆弄着手指。

"我就在门口闭了一只眼……啊! 你称职吗?"小红鼠像旧了的电风扇一般"嗡嗡嗡"地叫着。

小花鼠的头"唰"地低了下去,不过,山人自有妙招:"实在对不住了,红大人,小的以后不敢再犯了,请大人恕罪。"呵呵,拍马屁加上恭恭敬敬,最有效了,只有这样,"红大人"才不会谴责我呀! 啊哈! 我"花大人"也是一般一般,世界第三的呀!

小红鼠一听,似有一股清泉涌进心房:"好! 下次不准再这样了!"

小花鼠听了,呵,终究还是能保住性命的,这样就好了!

"红大人,那么,现在我们一起去探案吧!"

小红鼠想了很久很久,才只说了一个字:"好!"

唉,金口难开啊! 小花鼠感叹了一句。

两鼠又蹑手蹑脚地走进大花园。

"小花,你看,走路要这样走,有鼠的气概!"小红鼠说着,边学着电视里军人走路的样子,"一二一,一二一,一二一......"

小花鼠看看自己,哎,瘦不拉几的,充个数吧！于是也装模作样地走起步子来,颇有点军人状态。

两鼠走着走着,突然齐叫:"咦！小蓝、大黑,你们怎么在这?"

爬过一个小小的铁栅栏,走进一个黑漆漆的小院子,一个铁笼赫然呈现在她俩面前。

成 功 脱 险

　　大黑鼠和小蓝鼠互相望了一眼,又朝小红鼠和小花鼠望去。

　　突然,黑、蓝二鼠的脸顿时白了:"快!快!快!看你后面!"二鼠异口同声地叫起来,还用爪子指着。

　　红、花二鼠认为这是他俩的恶作剧,连一点回头的意思也没有,仍旧一直笑着,说:"你俩别逗我们了!快说说,你们为什么被关在这铁笼子里了!这里安全,慢慢说。"

　　黑、蓝二鼠一听,一怔,更急了,小蓝鼠在心里冒着热气,想着:哎呀!这紧急关头,谁跟你们开玩笑,难道开玩笑比小鼠的命还重要,真是两个笨蛋。

　　瞅瞅红、花小鼠,一个傻呵呵,一个笑嘻嘻,浑然不知背后的危险。

"咦？怎么突然变凉快了？呵呵！这小房子真不赖，避暑之胜地啊！"小红鼠只觉得身上的毛仿佛也被微风吹拂着，全身从头到脚凉爽极了。

"喵……"炸毛轻轻地叫了一声。

霎时，黑、蓝二鼠的毛发又全都竖了起来。

"啊……啊！"红、花二鼠顿觉自己的骨头似要碎裂，整个身体软得立不起来了。"有猫吗？"小花鼠弱弱地问了一声，她想也没有想，就快速举起了双手，颤颤地喊："猫兄弟，我……我是小花呀。您看我瘦不拉几的，一点也不好吃……还有，您记得不，在那个粮食缺少的年代，我奶奶的奶奶曾借给您爷爷的爷爷一袋大米呢！看在这份上，您就别吃我吧！"

小红鼠也闻到了家猫身上那股贵族的气味，又突然想到自己可是来探案的呀，怎么能示弱？她推推小花鼠，如盗贼一样低声细语道："快使用你的武器！"

小花鼠一听，慌忙地想：对！对！烟雾弹！"哈！看我小花迷魂药！"小花鼠来了个完美一百八十度大转身，手一挥，把迷魂药全部放出来。这动作，颇像"奥特曼大转身"。小花鼠边撒，边用那想要猎食的鹰一般的眼神看着猫：奇怪，小红为什么要叫我用迷魂药？算了，不管了，反正只要能把猫吓晕就OK了。

炸毛看了看这两只有趣的小鼠,呵呵,攀关系的口才还真不错,一定没有浪费家长给她们报的特别口才班。可是,这两只小鼠竟然会主动出击? 虽然我平时不吃鼠,但毕竟还是只猫呀! 只见一只瘦一些的小鼠拿起一个小瓶子撒出一些不明白色物体。炸毛闭上眼睛,用它那毛茸茸的爪子揉了揉鼻子,"啊……啾!",炸毛大大地打了一个喷嚏……

小红鼠看了一下小花鼠,又望了一眼大猫,心里仿佛有一群蚊子飞过:什么? 这只猫能阻挡迷魂药吸入鼻子吗? 怎么没效果,难道这只猫拥有超能力?

"看看我的电击枪!"小红鼠吓得汗都流下来了,但是她不能怵,毕竟自己花了这么多的时间来准备,关键时刻怎么能掉链子呢?

"吱吱——"电子枪发出了耀眼的火花。

"哈哈哈哈哈……你这是挠痒枪吧?"炸毛一把抢过了枪,两手一绞,把枪变成了麻花辫,扔掉了。

啊? 怎么办?

小红鼠的脸苍白,感觉自己的心脏已经不会跳动了,而腿却在不断抖动,就像坏了的发动机一样不受控制。她拔出了那把刀——可想而知,炸毛轻轻一掰,那刀子就断成两截了。

炸毛把红、花二鼠也关进了铁笼子里。

"呜呜……"

"咿咿……"

"你们怎么这么冒失,我们没有希望了……"

小红鼠好像老僧入定一样,她想要靠自己的智慧去战胜炸毛。对,关键时刻,动脑子是拯救自己的唯一道路。她的脑子飞快地旋转起来:越狱,越狱,一定要出去! 怎么办……怎么办……

"嗨,这个办法一定行的!"小红鼠的眼睛忽然充满了金光!

经过商量,四鼠构想了一个"妙计",上演个"四鼠出笼"的好戏。

事情大概是这样的:四鼠都知道炸毛是想向主人邀功,这几天主人回来了,炸毛候着机会去汇报呢,所以都不来守着四鼠了。四鼠决定装死,这样也许今夜就能逃离这可怕的鼠笼。

就如动画片中播放的一样,四只乌鸦从空中飞过,四鼠全"死"了。

果然,这招骗过了炸毛。就这样,炸毛打开了笼子,唉,怎么都死了呢?真是丧气。他眉头紧锁,不知道如何向主人邀功了,主人会相信是他抓的老鼠吗?肯定不会,说不定还会骂自己为了邀功而欺骗他呢。这么想着,炸毛的眉头皱成了毛毛虫,眼睛眯成了两条泥巴墙的墙缝。

"唉,扔了吧。"

炸毛把四只老鼠扔在了花园一角的垃圾堆里,拍拍屁股走了。

四鼠一动不动,躺在垃圾堆里,直到炸毛的脚步声远去。

"走了?"

"走了!"

"真的走了?"

"真的走了!"

"哈哈哈哈……"

"终于出来啦!呼!吸!啊!空气真好。"小黑鼠终于可以大步大步地走路了,哪像之前,一个小笼子只够二鼠缩着坐。

大黑鼠望望天空,啊!原来夜色是这么美丽!乌云一下子散开了,一轮皎洁的明月挂在空中,白得像玉石一般,晶莹剔透,又如一潭清水,浅浅的很温柔。

"真好,不知道我的家人想我了没。"

"当然啦! 你失踪的时候,你的家人都不吃也不喝,尤其是你奶奶。他们怎么可能不关心呢?"小红鼠赶紧说道。虽说,大黑鼠平时老是惹事,家人都管不了他,可是,家人永远是最好的。

"好了,好了。多伤感,明天咱们四个一起聚个会,也来个接风洗尘,开 Party!"小花鼠认为,在此刻,还是吃喝玩乐是最重要的。(哎,谁叫她是个没心没肺的呢!)

"好!"大黑看着冒失的小红鼠和小花鼠,心里涌上一股热流:两个这么瘦小的伙伴,竟然能为了救自己而冒着生命危险,这份友谊,应该永远珍藏在心底。

森林里传来一阵欢呼,就像春天的序曲,响彻天际。

好心坏事

"哎！案是破完了,不过,爸爸怎么还没回来？再打个电话吧!"小红鼠又独自坐在空调房里,点着手机。

"嘀……嘀……对不起,你拨打的电话正在通话中。"手机中传来一阵声音。

"哎呀！又在通话中。"小红鼠无奈地摇了摇头,放下手机。她傻傻地望着天花板,不知在想什么。

小红鼠再次拨通手机。"嘀——嘀——喂！女儿啊！有什么事吗？"

小红鼠暗暗抽动了一下嘴巴,问道:"爸爸,您什么时候回来呀？"在小红鼠心里,家中没爸爸是最困难的。

"嗯……过几天。"鼠爸拿着手机,沉思了好一会儿,他知道,自己还要两个月才能回家,但他不能伤了孩子的心。

"过几天是几天呀？"小红鼠毕竟是个孩子,她还是稚气地认为就是过几天,爸爸就回来了。

鼠爸听了,发怔了一会儿,低声道:"等我回来,很快的。"

小红鼠的眼皮瞬间垂下来:"哦！好吧,爸爸拜拜。"

"拜拜,小红。"鼠爸挂了电话,叹了一口气,又陷入忙碌中。

小红鼠望着空调:二十六度,弱风,不错。她早就想好在爸爸踏进家门的那一瞬间自己该干些什么:先给爸爸一个大大的拥抱,再给爸爸看看自己做的天使羽毛,插在飞机上"飞"起来给爸爸瞧瞧,然后把好不容易考上八十分的试卷给爸爸看看……总之,一切的一切,都属于爸爸。

在家里,不止小红鼠一个人想爸爸,鼠妈也很想。鼠妈一天到晚多愁善感,不是看鼠爸的照片,就是看虐心剧。小红鼠也得陪着妈妈,现在的小红鼠,就像个小大鼠。

在学校,小红鼠也想积极起来。

校长眼看上级又要来视察,他又愁着要为学校添些新亮点,用什么呢？校长那本就稀疏的黑白眉毛皱起来就显得更加少了,干巴巴的嘴唇结起来的皮块如同旧道路的柏油。眉头一皱,计上心来,校长猛然间想到一个好主意:最近《新闻联播》上不都说支持全面绿色环境改善吗？不如在学校建一个植物大棚,再在操场及其他各个花草处进行添加,这样就完美了!

不久后,学校里增添了大片生机,引来许多师生前来参观。

小红鼠也听说了此事。

周四,小红鼠趁着放学时间,独自进了老师办公室,向鼠老师提出每天帮助学校浇大棚里植物的想法。鼠老师听了后,在心里嘀咕着:哇! 学校第一调皮捣蛋的小红鼠居然也会有这种想法,说明我们老师教导还是有方的。一定要大力支持,给她这个机会,让她好好"洗洗"自己。

这也是个典型亮点啊!

出乎小红鼠的意料,鼠老师马上爽快地同意了,并向校长汇报了这件事。校长刚开始表示怀疑,因为之前已经发生过失败的事件了,这可关系到学校的声誉,关乎自己的前途呀! 在鼠老师的再三劝说和保证下,校长最后还是点头了。

小红鼠蹦蹦跳跳地回家,汽车迅速开过,此时,在小红鼠眼里,所有的车都是兰博基尼。炫亮的车身,红配蓝,橘配蓝,太阳一晒,不知有多好看。

吃晚饭了,鼠妈由于过度思念鼠爸,烧菜时盐不小心放多了,小红鼠吃着,但没说出来。其实是真的说不出了,仿佛是苦,又仿佛是酸,但咸的味道就是尝不出来。

小红鼠嚼着菜,忽然受到启发:哎！人吃盐才能更好地生存,那花儿不也是这样吗？要不,明天我在水里加点盐,变成盐水,花儿肯定会长得更好,说不定校长还会奖励我糖果呢！

次日,小红鼠准备好盐水,浇给花儿喝。她心里还美滋滋地想着:小植物,快长大,让我得到糖果吧！爸爸回家时,我也可以向他邀功了。

可是,没过几日,植物棚里的名贵植物全蔫了。

小红鼠看着这些植物,眼睛顿时红了,想哭却哭不出来。怎么办呀！植物都死了,昨天还好好的,呜呜……还要赔钱呢！我哪来的这么多钱呀？小红鼠立马感觉连太阳都绕着地球转了。

自此,小红鼠每天都跑到毫无生气的植物棚里看看,看看换成自来水浇,植物们会不会活过来。但每次都是满怀希望地去,失望而归,植物们仍然死气沉沉的。小红鼠看着它们,紫罗兰原本的淡紫色早就消失了,它耷拉着脑袋,似干枯的麦子。

果然，一个星期后，校长就找到小红鼠头上了。

"小红啊，你说说，这植物棚里的植物是怎么回事呀？"校长稳稳地坐在办公椅上，眼睛盯着小红鼠，就像盯着一个敌人一样。

"我……我……我认为人类吃盐好，所以在水里加了一些盐……"小红鼠支支吾吾地说着，一边用左手和右手的中指互相绞着，小红鼠不敢抬头。

校长一听，刚要勃然大怒的脸又瞬间平静了下来：唉！算了，孩子终究是孩子，孩子的思路总是那么具有想象力。算了，是我的疏忽，我再另外想辙吧。"你快回班里上课吧！"接着，校长又给了小红鼠一个大大的棒棒糖。

放学了，小红鼠面带微笑地吃着棒棒糖，咦？这个棒棒糖怎么有点非凡的甜，又有点非凡的苦呢？小红鼠暗暗想，还是赔钱吧，让校长面子上过得去吧。

这么想着，她的天空又开始灿烂起来了。没心没肺，活着不累，也许就是这么个道理吧。

出师不利

既然要赔钱,就得想想办法。自己的零花钱是肯定不够的。向妈妈要? 不不不不……妈妈既没什么钱又节省,保准要不到;要不找爸爸要,呵呵,爸爸是土豪,准能要到! 不过,就纯粹要钱,爸爸应该也不会同意的,嗯,那就"卖身为奴"吧! 小红鼠心里想着,这钱,来之不易呀!

"喂,爸爸,我想到您这里来赚钱,行不行呀?"小红鼠拿着手机,故意撒着娇,眼睛里的光像个小太阳,充满温暖。

鼠爸一听,哦? 女儿要干活赚钱,有意思。呵呵,就听她怎么说吧,看她到底又想干啥:"好呀,但是你想来我这干什么呢?"

这一问,可把小红鼠问住了,她还没考虑过这个问题,在电话那头呆若木鸡,嘀咕了半天,才编出几个学校里的服务项目:"哼……比如擦玻璃、擦桌子、扫地之类的活。不过,要按事情件数来算钱哦。"

鼠爸一听,眼前一亮,看来我的基因真强大,连女儿都会做生意了,哈哈哈! 来来来,问一下:"那,具体怎么收费呀?"

小红鼠想着,狮子大开口,即便老爸砍价也有得赚。此刻,在小红鼠的身上,满满的只有钱的气味。"哦,一次二十块,最少十五块。"

"好! 成交!"鼠爸一口答应下来。这孩子,平时都不怎么跟我开口讨要的,首次提出干活赚钱,我可不能打消她的积极性,鼓励一下她。二十块花出去,也是值得的。

耶耶耶! 二十块,一次就赚二十块,一天干五件事,那就是一百块,一个星期岂不是七百块,再加上自己的小零钱。噢! 太棒了!

"加油我们一起走。哦哦哦,小宇宙爆发!"小红鼠在房间里,拿着一个花瓶,开起了个人演唱会。她不会说"观众朋友们,大家好"的英文,就叫起来:"you and you and you and you you you ……hi!"(译:你和你和你和你你你……大家好!)还一边扭起了屁股。快乐就像梦一样降临了。

此时的鼠爸也沉浸在欢乐之中。他心想：太好了！我这宝贝女儿终于开始知道行孝了！虽然是要收小费的，但肯劳动也是好的呀！我早就看出小红一出生就有劳动的骨子，我就说嘛，我的眼光是绝对不会错的。小红帮忙干活时要多拍几张靓照，发到朋友圈给朋友们瞧一瞧，我的孩子也是很优秀的，谁叫他们平时老是秀孩子呢！鼠爸想着就甭提有多开心，脸蛋就恰似阳光照耀下的波光粼粼的湖面，微微泛着红光。

很快，鼠爸就把小红鼠接到了工地上。

工地上，泥土最常见。走到哪儿，都是黄土，还种着许多不知名的植物，红的花，绿的草，几乎什么都有！

小红鼠痴痴地望了一眼（早知道这样，应该向爸爸讨教，就不会发生这一切了），眼红红的。还好，她很坚强，马上就转过弯来。

"爸爸，现在就开始吧！"小红鼠笑了起来，眼睛眯成一条缝，真是"工地尘如雪，微笑'眼'似钩"啊！

"嗯……好！你先去把那边的办公室整理一下，擦擦桌子之类的。"说着，鼠爸指了指右边的办公室方向。

小红鼠嗖地一下从口袋里掏出一块绣上了"小红鼠专用"大字的手帕，那是鼠妈帮她绣的。她掏出手帕，像表演二人转似的把弄了几下,便飞速跑向办公室,速度速度!

办公室里,摆着两张桌子,桌子上各一台电脑,桌上放着各种各样的资料纸。小红鼠看了,就两个字:真乱!便把手帕打湿,小心翼翼地擦着。

她先擦前桌,边擦边想:电脑擦不擦,烟灰缸擦不擦……就在小红鼠看着烟灰缸思考要不要擦的时候,手一歪,"嘣"!烟灰缸不知什么时候从手中滑落了,不偏不倚地掉在地板上,碎了!小红鼠心中既有问号又有叹号:什么?碎了!不会吧,怎么刚出师就不利呀!小红鼠也顾不了什么,哇哇哭起来,一颗颗第一指关节般大的泪珠落在手帕上。

大约过了两分钟,哭声停止了。不行,妈妈说,知错能改也是好孩子。小红鼠马上又擦干眼泪,小心地将碎玻璃扫起,然后继续干活。

……

"小红鼠!我是不会付你工钱的!"只听办公室里鼠爸的声音惊天动地,气壮山河。

原来,小红鼠把文件弄湿了。

啊哈哈……这是只什么鼠呀!

小红鼠的心就像玻璃一样碎了。

玩水挣钱

"呜……哇！钱没赚到,还是赔不了学校的钱。"小红鼠独自站在0.5米深的水池边,想演一次"屈原投江"的景象,起码等自己死后也有粽子吃。

小红鼠的泪珠像被扯碎的珍珠项链一般,"叮叮咚咚"地流着,与池水在一起,形成一种新水样。小红鼠两眼直勾勾地望着水,平平的,淡淡的;尝一尝,咸咸的,各种滋味,无法名状。

"哦呀呀,这水真好喝,不知道是什么成分呢?"小红鼠正自我陶醉(在《鼠经》中,鼠类们认为如果遇到烦恼,可以采用自我陶醉的方法忘记烦恼),想用转移法去除眼前的忧虑。(小伙伴们,你们认为这种方法在现实中可行吗?)

出乎意料的是,在小红鼠的长期自我陶醉下,她仍然没有脱离忧虑。呵呵,不过这水倒让小红鼠感到趣味万分,好似又找到了新乐子。尝水不如玩水,小红鼠拿出手指,触摸着水的柔情。小红鼠把她那黑漆漆的如鹰爪般的小手放进干净的水里,小爪子好似一个搅屎棍子,一下子就把半个洗脸池里的水都搅混了,难怪世人常言"一粒老鼠屎,坏了一锅粥"啊,果真如此!

哎! 平静的不好玩,来点刺激的吧! 小红鼠想着,又打开水龙头,把手堵在了水龙头的出口处,"哗!"顿时,水花四射,这样的场面看起来,颇像一把水珠伞立在水池中。

此时,小红鼠沉浸在欢乐中,早已将刚才的烦恼抛到九霄云外。一旁的鼠爸却坐不住了,双眉紧缩,不时望望天空,长叹一口气,又不时把手在桌上不停地比画着。他在想什么呢? 原来,最近气温升高,工地的苗木急切需要浇水,现在人手又不够,临时招一个人又没那么快。如果不能使水源移动的话,那些苗就要全死了! 那些苗好贵呢!

鼠爸又起身踱进屋里,陷进沙发里,那姿势活像著名雕塑《沉思者》。不一会儿,他又站起,想去卫生间上个厕所,刚要迈入卫生间,就看见小红鼠又在搞破坏——开着水龙头玩水。"小红!"鼠爸一声斥责,原本心中就有八分怒气,这么一惹,怒气一下子升到了十二分。

小红鼠低着头,关了水龙头,努力把眼向上瞟,不敢直视鼠爸一下,装作若无其事的样子,踏着小碎步,悻悻地走了。

鼠爸上好厕所,继续一屁股坐在沙发上进行他的"工作"。突然,他用力拍了一下大脑袋:啊呀!"玩"水,不如,让小红继续"玩"水吧!

"小红! 过来!"鼠爸依旧板起一张不好相处的脸。

小红鼠无奈地前进了一步,又退后了一小步,吞了一口口水,嗯! 还是前进吧! 前进也是要被骂,退后更要挨骂,我可是"巾帼不让须眉",好"汉"做事好"汉"当! 前进吧!

"嗯……爸爸,找我什么事?"小红鼠"明知故问",眼睛不停地眨巴着,像街头的小乞丐。

"咳咳!"鼠爸咳了两声,"你,玩水,有没有想过怎么运用?"

运用? 什么意思? 算了,不管三七二十一,就说没有吧。"没有。"小红干脆响亮地应了一声。

"呵!"鼠爸窃笑了一下,这孩子还是这副样子,"你不是想赚钱吗? 之后的日子里,你一定要好好表现,不要再惹事了,去我工地浇水,用玩水的方法浇苗木。一次五块钱,一天两三次。注意! 如果浇太多,植物会死;浇太少,植物会枯萎! 我可不付钱。"鼠爸心中的摆钟瞬间停了。

"好!"小红鼠心中鸣了一下礼炮,哇哦! 还是老爸了解我,这活我最拿手了,这次我一定不负所望了,更重要的是又有赚钱的机会喽! 还能了解爸爸的工作,以后的零花钱照样有着落了,真是一举三得呀!

次日,小红鼠就戴着一顶安全帽,认认真真地踏着步子,到了鼠爸的工地。

"今儿个花儿真真好! 鸟儿为我叫!"小红鼠抑制不住内心的狂喜,唱起了新学的歌,"我是小工人! 我是小工人,我是爱劳动的小工人!"平时也没觉得这些歌有那么动听,现在倒像一个个调皮的小音符,不经小红鼠的同意就冒了出来,活蹦乱跳的。

上午,太阳火辣辣的,像洋葱汁蹦入眼睛里一般辣眼。太阳光照在小红鼠的安全帽上,光溜溜的安全帽给这么一晒,小红鼠活脱脱变成了一只金黄色的光头鼠。

下午,太阳有少许的消退,小红鼠依旧在辛勤地工作。

数星期后。

"拿到钱喽!"小红鼠挥挥自己赚的票子,一张张红色的毛爷爷，显得特别可亲。

"校长，给，这是我给植物大棚赔的钱！这可是我自己挣的，不是找爸爸妈妈要的。"小红鼠毕竟还只是小孩子，忍不住将实话说了出来，但同样也花钱不落泪。哎！估计小红鼠长大也是这样吧！

校长还没反应过来："啊？哦。"怔了一下，少许时间，才恍然大悟。"好！你去吧！来，给你一根棒棒糖。"校长的棒棒糖好像永远都有，而且特别甜。"小红这孩子，我都说算了，她倒还记着！真是难得！这真是一个简单而执着的孩子。"校长欣慰地想着。

家庭会议

"枯藤老树昏鸦，小桥流水人家。"这句古诗出自马致远的《天净沙·秋思》。其实，在童话世界里，它还关于一个地方——小红鼠的家。

鼠爸的企业开始有了转机，画也卖得很好，所以小红鼠搬了新家。新家有个小院，小院很大，绕了房屋一周。房后小院种菜，各类时令蔬菜都有。春天种下小苗，夏天小收获，秋天大收获，冬天美美地品尝劳动果实。小屋的左边是个小花园，不大，十来个平方米。这儿的花可不全是普通的花，有稀有的黑牡丹，也有平常的牵牛花……花园中间有一棵歪脖子老树，在盛夏，它可为花朵遮阳。小屋的右边是凉亭，它可是大家茶余饭后的好去处，这是座四角亭，每个亭角上都雕刻着一条龙的图案。而且，今天开家庭聚会的地点,也是这座小凉亭。

鼠爸依旧习惯性地用手推推眼镜,闭上眼,陷入思考之中,依然摆着那副"沉思者"的样子——沉着而苦恼,显露出神圣的威严。

鼠妈这次也不例外,翘着个二郎腿,右手握成拳头支着下巴,似乎也在思考。真是难得,难得呀!而小红鼠则盘腿坐着,时而抓抓耳朵,时而挠挠被母蚊子咬的包,但很快,她也静下心来了。真是一片难得的静寂呀!一家人都保持着这气氛,仿佛空气都凝固了。

"小红呀!你真该好好反省反省,已经小学高年级了,你犯的大错可不少啊,小错更是不断,把老师的口红拿来玩……当然!我也不数落你这些,人家总说孩子毕竟是孩子,是要犯错的,有一本书不是叫《想犯错误的猴子》吗?可学习也不能马虎呀!你看看你,只考过两次六十分以上。唉,小红呀……"鼠爸摇了摇头,一个个思绪泡泡仿佛从鼠爸脑袋中蹦了出来,又渐渐破掉。

"就是,就是。"鼠妈就像鼠爸的应声虫,随声应和着。

"还有,你一定不晓得,你爸当年可是学校的风流人物。那时候,每次考试都满分,全班没人不羡慕。男生处处讨好我,女生更疯狂,全都大胆地接近我。啊哈哈!"鼠爸一边吹着，一边抖抖眉。只见鼠爸双眼骄傲地朝上看，摆出一副无比自恋的样子。中年男子的忆苦思甜开始泛滥了。

鼠妈也耐不住了："你爸这么一说，我也想起我小时候了。那时候的我是多么乖，老师、同学都以我为榜样，每次写的作文都能在学校的布告栏上贴着。那些赞扬声，听着是多么高兴呀！"说着，鼠妈的脸蛋就似成熟的草莓，红润润的，又像因为做了什么事而害羞了。

小红鼠左耳进右耳出地听着。反正，大概意思懂了：爸小时候很厉害，妈小时候很乖。小红鼠红润的脸逐渐暗黑了下来，意思是我不乖也不厉害。如果你们这么优秀，这样的基因不至于生出这么差劲的我吧！难道是正正得负，不可能吧？！

鼠爸又举起手臂，瞧着自己的肌肉，牙齿一露，笑了一下："而且，想当年，我八岁时去放牛，一个腰上系着两头牛的牛绳。当牛儿都逃跑时，我那么使劲一拽，牛儿就乖乖地回来了。"说着，鼠爸的鼻子仿佛有三尺长，唉，撒谎连眼睛都不眨一下。

小红鼠听着，脸上的笑顿时消失，听了鼠爸这一席话，小红鼠震惊了。啥？老爸小时候放牛这么厉害？！我好像连一头小牛的脚趾也扯不动呀！小红鼠把脑子一拍,呀!我怎么这么笨,鼠哪能撑动牛呀?真是蠢到极点了,差点被老爸忽悠。哼!老爸你总吹牛,看你不吹爆!

"小红,妈小时候的奖状共有几张,你知道吗?"鼠妈又想起自己小学的奖状,其实只有五张:三好学生奖状三张,长跑比赛一张,画画比赛一张。想起来,也真是丢脸,小学期间就获得了五张奖状,估计当时班里的学霸有一百多张了。但在孩子面前,得夸张点。

"爸、妈,那你们小时候当过校大队干部吗?"小红鼠心里在乎的还是大队干部。

这句话就如一个爆炸的地雷,炸醒了鼠爸鼠妈。鼠爸和鼠妈从来就没想过这些问题。

"没……有。"鼠爸有些难为情,说了这么多吹牛话,没当上大队干部,是怪奇怪的。

"没有。"鼠妈倒是回答得干脆利落,以鼠妈的说法,她小时候也不是很厉害。

小红鼠听了,心里一阵嘲笑:呵呵……原来爸妈也没当过大队干部呀!我一定要当上大队干部,一定要一鸣惊人,一炮冲天!

"好,本次家庭会议结束!"小红鼠脸上洋溢着愉快的笑容。这次会议,小红鼠仿佛早有准备呢!

晚上,小红鼠咬着铅笔杆子,就好像笔杆子是根美味的巧克力棒。她在干什么呢? 她在思考着:我怎样才能当上校大队干部?

悬梁刺股

为了能当上校大队干部,小红鼠想了很多办法。她想,装模作样对自己来说,应该是个最好的办法了。嗯,就这招儿。

第二天上学,小红鼠早早地到了学校,见老师还没来,立马收拾好书包,拿出早就满是灰尘、百年不碰的《西游记》,"认真"地看起来。小红鼠的眼睛好似两枚钉子,一下子就钉在书上。

不久,老师来了,很意外地看着小红鼠。哟!这平时不听话的孩子,似乎从来没有认真看过书,今天真是奇怪。鼠老师笑了笑,呵,还是我教孩子教得好,这个学期的教学能手一定非我莫属了。

鼠老师走到小红鼠面前,说:"嗯,让老师看到你最棒的一面,加油哦!"鼠老师第二次向小红鼠笑,还朝小红鼠比了一个大拇指。

小红鼠看着老师,她还是第二次发现鼠老师会对自己笑,心里想,哈哈!"装模作样"第一招成功。

第一节课下课,小红鼠偷偷地尾随着老师。老师到了办公室后,大大地伸了一个懒腰,嘴里嘀咕着:"哎!要是有人帮我捶背就好了。"

小红鼠走到老师办公室门口,"正巧"听见老师在叹气。她一鼓嘴,朝自己比了一个大拇指,心里想着:加油,小宇宙爆发了! 小红鼠走进办公室,使劲睁大眼睛,装出可爱的声音对老师说:"老师,看您这个样子,一定腰酸背痛吧,我来给您捶捶背吧!"说着,就为老师捶起了背。

鼠老师望了望小红鼠,哟! 这孩子,傻头傻脑,不会有猫腻吧! 算了,不管了,哎哟,我这老腰够酸了,而且再怎么着,这群孩子也逃不过我的"五指山"。"嗯……那你捶吧。"鼠老师闭上眼,觉得自己仿佛就躺在阳光下的海滩边。海风吹吹,许许多多把大遮阳伞立着。鼠老师穿着比基尼,戴着一副星星遮阳镜,躺在躺椅上,小红员工正在为老师按摩……

"丁零零……"上课铃声响了,小红鼠听见了,朝老师行了一个队礼,说:"老师,上课了,那我先回班了。"小红鼠可是第一次这么端正地行队礼。

鼠老师刚刚还沉浸在阳光、沙滩的美妙幻象之中,呀!上课了,我也该回去了。嗯,现在是哪个班的课呢?

小红鼠端端正正地走出办公室后,身体各部位就不约而同地塌了下去:哎!累死老娘了,老师那个身板可真硬,看看我的小手,红成这样了。

……

在接下来的日子里,老师一些端茶倒水的事情,全是小红鼠的工作。

终于有一天,小红鼠鼓鼓嘴,鼓得像个大大的红气球,仿佛马上就要爆。"老师,你觉得我能当校大队干部吗?"

鼠老师正在悠哉地喝茶,听到这句话,"噗"地笑了一下,差点呛着。鼠老师想着,这孩子,怪不得最近这么勤劳,还是有点小心思的。"小红啊!想要当大队干部,学习必须进班级前五名。你想知道学习怎么进班级前五名吗?来,老师给你讲个故事,故事的名字叫悬梁刺股……小红啊!你知道这个故事告诉我们什么吗?我们也要那样勤奋学习。"

小红鼠似懂非懂地点点头。

月亮是战神,他很快把太阳赶走了,夜晚成了月亮的世界。他赶跑了光明士兵,召来了自己的虾兵蟹将——星星。由他们一起守卫这个城市,直到下一次战败。

小红鼠想着:嗯!悬梁刺股,俺晓得了。

只见小红鼠找来一根绳子,又在家门口拾了块尖玻璃。"啊哈!我要让历史重演!"

只瞧小红鼠手中持一本《三字经》,缓缓而吟:"人之初,性本善……"小红鼠刚读了一句,便神游了。小红鼠的头慢慢低下去,如热气球一般缓缓降落。"啊!"小红鼠惨叫了声,一定是"头发"被拉痛了。你一定会奇怪红兄哪儿来的头发呢?没错,小红鼠当然没头发了,但是小红鼠有一对又大又肥的耳朵呀,小红鼠把耳朵扎起来,照样有头发的好效果。

小红鼠立马醒了,对自己说:"你要是再贪睡,我就不客气了!"这语气,足可撼动天地。

"人之初,性本善。性相近,习相远……"只瞧小红鼠再次去见周公了,"呼……啊!",小红鼠再次惨叫一声,屋外的月亮、星星都用好奇的眼神看着她,皱起了眉头。"好!这回我对你不客气了。"小红鼠手持玻璃,毫不犹豫,气势汹汹地对自己一刺,顿时鲜血迸流,小红鼠又是一声惨叫,这回引来的是家长……

第二天。

"快讯快讯,小红鼠重演'悬梁刺股'! 学习刻苦!"

"囊萤映雪,悬梁刺股,小红鼠成为学习标兵!"

叽叽喳喳的议论声充斥了整个校园,小红鼠的脸红透了。

美梦连连

"哎哎! 你听说没,隔壁班的小红鼠上演'悬梁刺骨'哦!"鼠(2)班的小鼠朝自己的哥儿们说道。

"呦! 就那傻'小子',也能被剧组挑去拍电视?! 真是瞎了眼了。"

"哎哎哎! 我说的'悬梁刺骨'是加引号的,她自导自演的! 亏大家还说你是消息通,怎么现在一点都不通呢?"

"哦! 我知道了,一个女孩子,成天这样一出,那样一出,再这样惹事下去,长大后估计嫁不出去了。"

"哈! 哈! 哈! ……"

此时,小红鼠正巧从女厕所里走出来,听见这些,暗暗地自责:小红呀,小红,你怎么那么笨呢? 唉,活该被大家笑话。

小红鼠正"笨人自扰"着,不知何处来的雄心壮志:"好啦! 小红鼠,你的目标可是大队委,不是被人当笑柄的。"恰巧,另一位女同学也从女厕所里走出来,一看小红鼠的样子,心里嘟囔着:哟! 不知道的人,还以为是校领导在发话呢! 吓坏本宝宝了!

　　中午,同学们正在午睡,校长想趁此空闲的时间参观下学校植物棚里的新品种。

　　小红鼠可受不了睡午觉这种令人讨厌又必须安静的事情,她以上大号为理由,想到操场上去溜达溜达。踏着步子,为自己的歌曲打节奏:"哎哟! 今天的天气真正好。哎哟! 今天的天气真正好……"

　　"哎哟! 今天的天气真正好。哎哟! 今天的天……"小红鼠突然停了下来。这是为什么呢? 因为小红鼠听到了说话声——校长的说话声。

　　"你看,这多肉在阳光的照耀下,金光闪闪,多好呀,多好啊……"校长不停地说着。

　　哦! 原来校长喜欢多肉呀! 求老师不行,就求校长吧! 如果我把多肉弄到手,再送给校长,他一定会很高兴。说不定,为了感谢我,让我当上大队委。啊哈哈! 我太机智了,机智如我!

不过,去哪里找多肉呢?用零花钱买?不不不,我零花钱也只有十几块了,听说一盆多肉贵着呢!肯定不够。嗯……小红鼠把家里所有亲人迅速在脑子里过了一遍,对了!姑姑是卖多肉的,一些小多肉经常大方地送人,我向姑姑讨要几盆去。

放学了,残阳如血。

"姑姑!姑姑!"小红鼠甜甜地叫着。

"哎!"姑姑应了一声,今儿这又哪一出呀?这小妮子平时不喜欢叫人,今天怎么叫得这么甜?一定有鬼!不知道小红今天来求我啥事呢?

"姑姑,我想养多肉,您能不能送我几盆呀?"小红鼠双手放在胸前摩擦着,如害羞的小棕熊,迟迟不敢抬起头来。

哦!好,原来是为多肉呀,怪不得:"好,你等一下,姑姑去帮你拿。"

"谢谢姑姑!"小红鼠边说边笑,感觉自己离成功越来越近了。

姑姑家的大房子真气派呀!白墙红瓦,如一张张彩色的卡纸贴在名叫"大地"的白纸上。房子里的灯好似水晶,一闪一闪亮晶晶。嗯,也只有这样的房子才能配上姑姑的气质,豪爽,大气!

一个快乐的周末又过去了,星期一又来了。小红鼠偷偷摸摸地把多肉放在校长办公室的门口。哈哈哈……我马上就可以当上大队委,戴上三条红杠的袖章了,到时候要把所有嫌我笨的同学都踩在脚下!

……

"现在,我宣布,鼠(1)班的小红鼠同学成为我校的大队委之一,大家掌声祝贺!"校长站在主席台上,讲着话。身旁的五星红旗随风飘扬!

小红鼠光荣地站到主席台上,等待着原大队委为她配戴红杠杠袖章。

就在那一刻,小红鼠感到身上似乎散发着花露水的香气,可以随时驱赶蚊子。

小红鼠戴着红杠杠,甭提多神气,在校园里四处招摇。

"红学姐,给我签个名吧!"一名一年级的小鼠拿着本子。

小红鼠看着这个小学妹,嗯,可爱极了。"好,姐姐给签个名,再画一个小爱心。祝你长大也当大队委哦!"小红鼠刚签完,那只小鼠就拿着本子蹦着跳着跑回班里耀武扬威去了。

在家里:

"来来来,我这个当上大队委的宝贝女儿,快来吃牛排,还有鸡柳、虾……"鼠妈心满意足地给小红鼠夹菜。

鼠爸炒着菜,为了庆祝小红鼠当上大队委,他苦读菜谱,练出一手好厨艺。

……

"小红鼠,你给我站起来,上课竟敢睡觉,呃!"鼠老师"唰"的一下把粉笔扔向小红鼠。

小红鼠揉揉眼,啊,原来刚才的景象只是一场轻狂虚无的梦。

唉!

弄巧成拙

小红鼠十分不解地站在班级门口,她不停地挠头,好似头上有挠不完的虱子。嗯!小红鼠决定,一定要亲口问问校长。

"校长,您是不是很喜欢多肉呀?"小红鼠笑着问道。

校长瞅了小红鼠一眼,这孩子,干吗问这个问题。"嗯,是的。有什么事吗?小红。"小红在校园里可是"明星",人人皆知。

小红鼠一看事态,觉得百分之五十成了。

"校长,您记得那盆多肉吗?我,我送的。"小红鼠说着,脑子中浮出了一些画面——校长一听,大喜,握着小红鼠的手就说:"小红啊,那盆多肉是你送的?哎哟哟,真该好好谢谢你。来来来,进办公室里慢慢说……"

不料,校长一听,眉头一紧皱,像一个死结,怎么打都打不开:"啊?!原来那盆多肉是你送的?你不知道呀,小红,你的那盆多肉是有细菌的。我自己平时养的,天天擦,很干净。哎呦,你看,你把你的多肉放在我办公室门口,我办公室里的多肉都受影响了,连我都要被细菌传染了。"

小红鼠一听,心中仿佛有一道闪电晃过,将小红鼠满怀希望的心电得一刀两断。啊?什么?校长不喜欢我送的多肉。怎么可能?!唉!怪不得,我没当上大队委,真是倒霉透了!

此时的白天并不像白天,天阴沉沉的。小红鼠送的那盆多肉好像真的散发着细菌,一层层黑气环绕在多肉植物旁,如童话世界里的黑魔法,让人心情低落。

此时,有一人正在听这一段"优美"的谈话,那就是小红鼠的敌人——小野猫。小野猫因为不务正业,不去上猫族小学,多次逃学被学校劝退。鼠族小学请他管理小鼠们午休,并答应其家长对小野猫进行额外的教学辅导,以便于提升成绩。由于小红鼠多次以上小号、上大号等原因开溜,小野猫全告诉了老师。因此,两人成为敌人。

"哈哈,这次又被逮着了吧。"小野猫一本正经地站在校长室门口,准备好"迎接"小红鼠,脸上的笑容就像塑料花,身子绷得紧紧的,一副志得意满的样子。

　　小红鼠刚走出校长室,本就失落的她又听到"小红同志,你好呀!",吓得下半身要掉了。小红鼠马上装作镇定,她早就猜出这声音的主人是谁——那只讨厌的小野猫。尖中带猾,猾中带狡,一听可让人呕吐三天的声音,而且说话带"喵儿"腔调,不是小野猫,还能是谁? 小红鼠眼中挤满不屑:"喂! 小野猫,我记得现在不是午休时间,你不该在这儿啊! 啊?"

　　小野猫一听,也不甘示弱:"哟! 红大人,小人可是听说你被校长数落了,而且还送了东西了呢!"

　　此时,两人的状态已不可用"唇枪舌剑"来形容,仿佛真的在沙场上决战。究竟哪方会赢,咱们可不知道。

　　小红鼠一惊,啥? 这事小野猫竟然知道,没想到呀!失策! 前几秒还在担心这事千万不能让第三者知道,现在只可能不让第四者知道了。不过,按照小野猫这张502胶水都粘不起来的大嘴巴,估计让一百个人知道都不足为奇。唉! 怎么就遇上这货了呢? 上天真是不公平啊! 小红鼠又开始发挥起她那超强大脑了,对,遇事一定要沉着冷静,不能慌张,于是就应道:"你……你既然已经知道了,说吧,怎样可以让你的嘴闭上?"

小野猫摸摸额头,说:"我可不是这么好收买的。我作为干部,是有原则的。"

小红鼠笑了,眼睛里露出了一个狡黠的笑:"喏,我这有小鱼干,奶奶给我做的,不知道你有没有兴趣?"

"什么……小鱼干?有小鱼干……这个,好吧!"小野猫的眼睛里冒出了金灿灿的小鱼干的图片,嘴巴里的唾液都像自来水一样流出来了,但是还尽量装出矜持的样子。

"不过,吃了我的小鱼干,可不能……"

"知道知道,吃人嘴软,拿人手短,我是有职业道德的哦!"小野猫的头都变成招财猫了,不断地点着。

小红鼠把自己都舍不得吃的小鱼干给了小野猫,说:"你就不要告诉别人哈!我去上个厕所。"小红鼠又来一"金蝉脱壳"之计,"上厕所"永远是最佳选择。

小野猫一脸坏笑,呵呵,你说什么,我就做什么?那不可能,我还是猫吗?你也知道我这张嘴巴是封不住的。哈,你就等着全世界都知道你的大糗事吧!

晚上,小红鼠躺在床上。窗边的夜来香飘来淡淡的香气,一丝一缕。

小红鼠把右手枕在头下,想起爸爸妈妈对自己的教育,想起爷爷奶奶曾经说过做诚实的人的话,脸上一阵阵发烫:为了一个大队委,自己学会了不择手段,学会了甜言蜜语,学会了拉拢收买……自己还是正直勇敢的小老鼠吗?

夜很厚,梦很浓。这一夜,小红鼠做了好多的噩梦,其中一个就是全班同学都从小野猫的嘴里知道了她的糗事,知道了她的为人,知道了她所有的小动作,她哭了,哭得好伤心。

好事多磨

第二天,小红鼠一整天的心情都低沉沉的,如将要下雨的天空,黑压压。终于熬到放学了,教室里空无一人,连电风扇也跟自己作对,停了。小红鼠趴在与对面教室只隔一堵墙的窗前,咦? 对面教室的电风扇怎么没关? 一定是他们班班长忘了,我去帮忙关掉吧,反正待在这里也没有什么事情干,不如去做件好事,而且还可以分散一下注意力,会开心点。

小红鼠望着这窗户的高度,嗯,有些高。她把双手一扭,费了好大力气才把小脏鼠的椅子搬来。她想着:嗯,班里也就他最不爱干净了,踩了他的椅子再擦一下,他应该不会介意的,何况我是做好事耶! 左脚先踏,右脚后上,这种一脚凌空的感觉真如雄鹰展翅,英勇沉着。

小红鼠迅速进入了对面教室,哇!真干净,桌子排得井然有序,桌面光亮如洗过一样;凳子规规矩矩塞到桌子底下,像士兵一样排列着;老师的讲台上所有的书籍、教具摆得整整齐齐;就连垃圾桶都是清洗过的,干干净净。哎,真不错!我们怎么可以输给其他班级呢?自己班一定不能被比下去。要不,待会儿再回教室搞一下卫生吧!

就在小红鼠爬回教室时,岂料又被那只可恶的小野猫看见了:哇!好啊,你个小红鼠,不仅这么迟不回家,逗留在学校,居然还爬窗,看我不好好告你一状,让你吃不了兜着走,最好是记个大过,这一定会成为你小学阶段的一大污点的,以后就再也不会在大家说坏孩子时提到我了,哈哈哈哈……除非再给我小鱼干。

小野猫心里一阵欢喜,太好了,我马上去跟校长报告。小野猫在去校长室的路上,一边在想:哇哈哈!只要我告诉校长这件事,校长必定信任我,一定会骂小红鼠。哇哈哈!说不定校长还会奖励我呢!

"校长,您好,我是小野猫。"小野猫说着便敲起校长的门。奇怪了?小野猫从来不在意这些细节呀!今儿个是怎么回事呀?呵呵,只有这样,校长才会信我呀!小野猫想,偷偷告诉你,小野猫可是个戏精,奥斯卡金像奖非他莫属。

"进来。"校长永远是严肃而又端庄的。

"校长,您好!今日放学我查教室卫生时,发现小红鼠同学在放学一个小时后,还停留在教室里,而且擅自爬窗,闯入其他班级。"小野猫"如实"报告着,还特意把"擅自"和"闯"重点强调了。

校长眉头一皱,果然啊,小红鼠这孩子太野了,连窗户都敢翻,亏她还是个女孩子。"嗯,我知道了。谢谢你啊,小野猫,奖励你一根棒棒糖,再送你一团毛线。"校长总是会准备着一盒棒棒糖,用来奖励听话的好孩子。至于毛线,是校长在小野猫来了之后特地准备的,用来奖励小野猫,毕竟猫爱毛线团嘛!

"好的,谢谢校长大人。"小野猫拿到这么多奖励,当然要使劲拍校长马屁,好让校长听得飞上天呀!小野猫在校长办公室里抬头、挺胸、翘屁股,活像一名士兵,在风雨中挺立着。然而一出门,小野猫转眼间就变成了一个流落街头的乞丐,懒散无力。

在小野猫告状的同时,小红鼠已经开始干活了,她用抹布把所有的桌子都擦得像镜子一样,把凳子也摆得像士兵一样,把垃圾桶倒了并清洗干净……看着锃亮的教室,小红鼠觉得好快乐：做一个正直的、关心班级的人，可以带给自己好多幸福。这么想着，她的脸上露出了久违的灿烂的笑容，似乎明白应该做一个怎么受到大家喜欢的小老鼠了。

第二天，小红鼠的心情已经好多了。一路上，觉得所有的事物仿佛都是那么新鲜又明朗。小燕子在枝头欢叫，那乌黑的羽毛，油光发亮。身边的大树，泛着绿溢的光彩……这一个个场景，让小红鼠觉得这真像高级修图师修出来的风景图。

这天，小红鼠正准备实行"高高兴兴上学，开开心心回家"的自创目标口号时，却一不留神，被校长严厉的声音叫住了："小红鼠，你过来一下。"

小红鼠心头一震，呀！校长大人，我可没犯什么错误呀！听校长这语气十有八九是要挨训的。哎呀呀！我小红鼠怎么就成了招黑体质。算了，跟去吧。她就像个被抓住的小毛贼一样，低垂着脑袋，软塌塌地跟着校长。

到校长室后，小红鼠双手揉得紧紧的，头上的汗不知什么时候跑了出来。

"小红鼠，昨天下午放学后，你干什么去了?"校长一边整理着书桌，一边轻描淡写地问道。

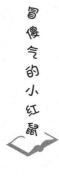

小红鼠正在回忆:"我……"

"是不是没回家,还翻窗搞破坏了? 嗯?"校长突然"唰"地一下从椅子上站起,而且是在说"嗯?"的时候站起来的,最重要的是,说"嗯?"的时候最严厉,不免又让小红鼠心头一缩。

"是的,但……"小红鼠刚想解释自己是为了去帮他们关电风扇的,但又立马被校长打断了。

"但什么但,这种事情没有但是。第一,你迟迟不回家,还爬窗,是想偷别的同学的东西吗?你知不知道你违反了多少条校规,啊!"校长叽叽呱呱地讲了一大堆,中途得歇口气儿。

"还有,第二,你知道你这样有多危险吗?你小小个子,要搬许多东西才能攀到对面教室去,万一那些东西突然倒了,你怎么办? 万一……怎么办? 万一……怎么办? 万一……怎么办? ……"校长连续讲了许许多多个"万一……怎么办?"还真有点让小红鼠头晕。她敢保证,校长说那么多话所喷出的口水,再经阳光一晒,都能形成一道彩虹了。

小红鼠真有些不理解:我到底哪错了?

心正行正

小红鼠走在回家的路上,心情是低落的。宁静的傍晚,凉风习习,夜空中飘着一点星星的痕迹,细细的月牙伸在空中,像死神的钩镰,冰冷、阴森。路上没有一个行人,两旁树叶被风吹得沙沙作响,夜,开始凉了。

哎!我为什么又被骂了呀?明明做好事,校长还不听我解释,难道我就是被贴上标签的坏孩子吗?!哎!

小红鼠一回到家,便听见妈妈叫道:"小红鼠,快来,妈妈今天做了你最爱吃的黑松露牛排!"鼠妈边说边给牛排翻着面。

小红鼠一听,心中一阵欣喜,但沮丧又瞬间把小红鼠的心给淹没了。

小红鼠放下书包,如一个穷困潦倒的讨饭人走在求食的路上。

鼠妈看出了小红鼠的心事，眉宇间闪过一道疑惑，便问：“孩子，你今天怎么了？”鼠妈今天说话的语气格外温柔，让小红鼠有些意外。要知道，平时鼠妈说话就像个母老虎呢！

“我想当大队委的事失败了，而且，我昨天放学后见对面教室的电风扇没关，特意费了九牛二虎之力爬到对面去关电风扇。结果今天居然被校长狠批了一顿。”小红鼠越说越想哭，说到后面，嘴里的话大约只能听成“嗡嗡嗡”的声音了。

虽然声音很难听清楚，但鼠妈还是听懂了。哦！唉！我这孩子虽然皮了一点，但还是很善良、很有上进心的。唉！谁叫她不做个学习好的学生呢？但我可不能这样如实跟孩子讲呀。“孩子呀，那你要大胆地去跟校长解释呀。”

小红鼠听着，“大胆”“解释”等词语印在了脑子里，可是校长都不相信我呀。小红鼠最困扰的问题还是校长不相信自己，小红鼠在校长面前好像就是个坏孩子。

“孩子，”鼠妈摸了一下小红鼠的头，“你知道吗？只要咱们心正、行正，人家一定会相信你的。”鼠妈说着，望了望天花板。“嗯，孩子，妈相信你，支持你。”

小红鼠听着,觉得妈妈今天不像是平时的妈妈,"心正、行正",那不就是君子风范吗?看来做鼠要做君子,别人才信任你。

　　小红鼠听了妈妈的话,感觉心里舒服多了,嗯,我一定要做君子。

　　"来,好好吃黑松露牛排吧!妈妈的厨艺可是超级棒的,尤其是煎牛排,十分嫩滑,还不带筋,想想都香,快动手吧。"鼠妈温柔地说着。

　　小红鼠拿起刀叉,大块大块地切,大口大口地吃,之前低落的心情早就飞到九霄云外去了。

　　第二天,小红鼠很早就醒了,她瞅瞅窗外,哟!太阳正在边伸懒腰边扭扭捏捏地上升呢,看起来还没睡醒呀。

　　小红鼠此时的信心早已不能再大了,如果再大,就会像气球爆炸一样,嘣!那样又会顷刻间将好不容易积起来的信心打得七零八落了。

　　一进学校,小红鼠就迫不及待地向校长室跑。她心里时刻就想着"心正、行正,心正、行正……"。"咚咚咚。"小红鼠轻轻地敲了三下门,如受过专业训练一般,一举一动都不失风度。

　　"进来。"校长正看书,只是轻轻地回了一句。

校长一抬头,咦!原来又是那个小红鼠呀,不知道这个小调皮蛋又来搞什么名堂呢。

小红鼠把双手放在背后,说:"校长,今天我是来跟你解释的。"小红鼠如一位心理学家,一下就知道校长想问什么。

"哦?解释?解释什么?"校长一听,感到非常奇怪,难道小红鼠某次午睡又溜之大吉,被小野猫告状了?现在想为自己说话?唉,听她先说说吧,人老了,记性差,看看能不能勾起我的记忆。

"是前天的事,校长。前日我爬窗是因为看到对面教室的电风扇没有关,加上已经放学了,他们的教室门已经锁上了,所以才想出翻窗的主意。也许就是在我翻窗的时候被误解了呢!校长您还记得吗?"小红鼠一点一滴地讲着,希望校长理解并解除之前的误解。

校长一听,呀!就是这件事呀!原来是这样,看来我真的误会小红鼠了,竟然不分青红皂白就断定某一方的对与错,自己还有待提升。唉,小红这孩子,也长大了,越来越像个小大人了,多端正啊!校长在心里思考了很久,小红鼠动了动左手腕上米奇蓝色红外线电子手表。校长也静静地待了五分钟,真久。

"还有,我看到他们班这么干净,我就把班里清扫了一下,把桌子、凳子都摆整齐了。校长,我说这些不是为了您的表扬,我只是希望您不要误解我。我愿意做一个心正行正的好孩子呢。"小红鼠把自己内心深处想说的话都如竹筒倒豆子般倒完,感觉舒爽了好多,脸上的笑容渐渐浮现,整个人也轻松了好多。

"来,小红。我给你一根棒棒糖。向你道歉,我知道你不会说谎的,去上课吧。"校长再次从他那个糖罐里拿出一根超极漂亮的棒棒糖,递给了小红鼠。

小红鼠吃着糖,感觉真甜,跟牛排一样好吃:做个心正行正的孩子,一定会得到认可的。小红鼠暗暗想。也许她找到了做一个正直的鼠的方法了。

一场雨之后的校园,那一片茵草地更绿了,那一株株的绿草一下子似乎长了一大截,让这片小小的草地变成了一张厚厚的绒毯。小红鼠感到那正在滋生的不是小草,而是自己无法阻止的向上的信念。

得到认可

太阳笑眯眯地看着大地时，一切喧闹的声音就开始此起彼伏了。校门口人头攒动，热脑非凡。没有人去注意那个老人，他脸色黧黑，穿着破旧，人也矮小。给人印象是被压缩后的黑咖啡饼干，皱巴巴而没有生气。

垃圾桶里，什么垃圾都有，剩饭剩菜、塑料袋，甚至还有狗屎猫屎。苍蝇在垃圾桶的周围纷纷攘攘地热闹着，臭气就像融合进了空气，老远就放着哨。今天的垃圾特别多，老人正要与往常一样将垃圾倒入垃圾车，只听见"轰"的一声，垃圾一半被倒入车里，一半倒在了老人身上。垃圾的异味很快散发开来，有香蕉皮与酸奶的发酵味，也有臭鸡蛋味……各种各样的臭味合在一起，让路过的人们皆避而远之。老人看了一下自己的工作服，眼里透出失落的光。他年岁已高,眼神已经没有了年轻时的光彩。他坐在地上好一会儿,才慢慢地站起来,将身上的垃圾一点一点清除掉……

小红鼠走上前去,呀,这老爷爷身上怎么都是垃圾,又脏又臭,怎么也没人帮他呢?小红鼠把书包放下,拿出妈妈特意给自己准备的新的大号急用纸。

她匆匆忙忙地跑过去,边用纸巾帮老人擦身,说:"爷爷,我帮你擦擦吧!"

老爷爷先是蒙了几秒,后来才反应过来,原来这个小姑娘在帮自己。他原本活在一个灰色而黯淡的世界里,此时此刻,忽然有一束暖光射入大地,像是天使带来的。老人的脸忽然绽放出一缕亮光,似乎在诉说着内心的欣慰。

小红鼠把垃圾擦完了,还将老人的工作背心脱下来抖了两下,用鼠妈给自己的自制洗手液将背心脏的地方擦了擦,又在学校门口的开放水池边洗了洗,还借了门卫室伯伯的吹风机将背心吹干,再还给老人。

老人穿着干净的衣服,心里很开心。他闻了闻,衣服上散发出淡淡的花香。"孩子啊,来。这有几颗糖,本来是今天给我孙子的奖励,你选一颗吧。"老人颤巍巍地说,眼睛眯成了一条线。

　　小红鼠既想吃糖,又想着不能要陌生人的东西,便拿了一颗,说了声:"谢谢,再见。"说完后便急忙赶去教室了。小红鼠一直留着这颗糖,没吃。

　　说来也巧,小红鼠所做的一切,小野猫恰巧看在了眼里!

　　一下课,小野猫就在教室门口堵住了小红鼠,大喊着:"此山是我开,此树是我栽。要从此路过,留下买路钱。"这可是小野猫的惯用手法。

　　小红鼠抬头瞟了一眼小野猫,似乎没有看见,把他当作灰尘中的一粒尘埃。"干吗?"小红鼠有些不耐烦,她早就不想见到这只小野猫了。

　　"呵呵,今天早上,我可是亲眼看见你在垃圾之中跑来跑去哦。"小野猫心里想着:在垃圾之中跑来跑去的野孩子,太丢人了! 还上鼠类贵族学校呢! 呸!

　　小红鼠一听,立马想起了早上的事。什么?你竟然这样评论这件事? 真是玷污了这件事的本质。"你说什么啊? 那叫助人为乐,好不好? 你不懂罢了。成天就知道瞎打小报告!"

　　小野猫"哼"地一笑,说:"反正大家看见的只是一个满身赤红的小野鼠在垃圾堆里闹腾。"小野猫说话的时候脑中还浮现出这幅场景:一个小红孩,满身臭味,在垃圾堆中绕圈圈。

"你……你,走,咱们去找校长大人评评理,看看谁对谁错。"小红鼠不想再跟这种无耻之徒耗下去。

小野猫一听,心里不但无半点恐慌,还乐着呢! 还是我最聪明,这个小红鼠,真是自投罗网,难道她不知道校长大人最信任我吗? 哈哈哈……这一局,我赢定了!

到了校长室,一出古代公堂好戏开始了:

"校长大人,您一定要为小人作主啊。"小红鼠拜倒在地,面朝校长大人,好似手持香火的香客在供奉神灵。

"校长大人,您别听信此等小人的谗言。小人相信校长大人不会偏听红小人的一面之词。恳请大人听小人讲述事情的经过。"小野猫边说着话,边斜视着小红鼠,眼中充满了嘲笑和鄙视。

"哦? 说说看。"校长大人有些好奇,这俩孩子怎么整天作对呀,天天折腾我这脑袋。

……

经过长久的讨论和分析,校长做总结陈词:"小红鼠富有同情心,不怕脏臭,同情弱者,其情可嘉;小野猫添油加醋,罔顾事实,被罚去办公室搞一周卫生。"说完,校长摸了摸小红鼠的头,说:"小红啊!这件事干得不错,来,拿根棒棒糖。回去吧,你要知道奖励不止这些喔!"

难道真的有大奖在后头?

晚上,小红鼠坐在星空下,抬头仰望美丽天空,感觉真实却又虚幻,闪闪烁烁,似乎还有些跳动。当空的弯月正深情地注视着这座森林与森林中的动物们,看着家家户户的灯渐渐熄灭,小红鼠在床头悄悄奏响了"明月曲",做了一个香甜而绵长的美梦。

并不意外

今天的风给人带来了阵阵凉意，把所有的炎热都驱走了。他们好像一个个正在捍卫"凉爽"的士兵，举着绑上了红缨的铁刀铁叉，再次向炎热的残兵败将进行攻击。"凉爽"士兵赢了，一张大大的"凉爽"旗举在空中。

全校的师生站在操场上，今天是周一，有升旗仪式。升旗仪式结束后，校长照旧拿起麦克风，对上周的表现进行总结，并提出本周希望。

小红鼠此时的内心是骄傲的，仿佛有一团熊熊火焰在心中不断燃烧着。她不知道接下来会发生什么，但她的胸脯挺得直直的，帮助了一位没人理会的清洁工人，是一件多么令人自豪的事啊！

"现在，我宣布，从今天开始，小红鼠担任学校大队委副大队长,任期一年。"校长说着,并通报了小红鼠的光荣事迹。

小红鼠刚开始还有点蒙,她认为,自己这一定是在做梦吧。但她立马又改变了念头,这是真的!小红鼠跌跌撞撞地跑向主席台,不断地说着:"谢谢,谢谢大家!"小红鼠此时真不知该说什么好。

校长拍了拍小红的肩膀,心里想着:小红鼠,加油!不要辜负老师及同学们对你的期望。小红鼠似乎"听"懂了。

小野猫站在全校总体最差班的队伍里,心里很不是滋味,哼!不就是大队长的小跟班吗?有什么好神气的!小野猫的嫉妒心爆发,瞬间如洪水般泛滥,他此时真想抓一两只老鼠来解解气,尤其是台上那只红红的小老鼠。在校长面前,他得"做"个乖孩子,要不然可就没学校愿意收留他了。小野猫把小红鼠当作自己乌黑发亮的皮毛间的一根白毛,不拔不痛快!小红鼠就不一样了,小野猫现在对她来说已经无足轻重了,根本不在一个层面!

小红鼠因此成了人人口中的好学生。

在家长们口中:

鼠妈背着今年最流行的果冻亮色包,正在等着孩子放学出来。家长们的嘴也是叽哩呱啦说个不停,别以为他们有多么的庄严,只是你没发现他们的嘴有多碎罢了。

"哎,我听说,学校里有个孩叫小红鼠,学习很差,校长还破格任命她当副大队长! 一定是家长送礼了。"家长甲先搭话。

"可不是嘛! 现在学校一点也不正经了。"家长乙附和着,她认同家长甲的说法。

"哎哟! 怎么会这样。人家是帮助了清洁工人! 多么单纯、善良的孩子呀。"家长丙立刻反驳了甲、乙两位家长。"当副大队长不一定要学习好,是要乐于帮助老师、同学们。"家长丙又接了一句话。

甲、乙两位家长后悔地点点头,想想自己真不应该不明事理就张口胡言,乱下结论。

在同学们眼中:

"红学姐! 红学姐! 给我签个名吧!"两个一年级小巴豆拿着纸和笔向小红鼠要签名。两人奶声奶气的,让小红鼠想起了自己小时候。

"好,姐姐给你们各签一个名。"小红鼠此时不再是顽皮的小家伙,而是个成熟的大姐姐。

"我们长大了,也要当上大队委。"两个学妹的话让小红鼠想起那时一心想当大队委所做的一切。

"好! 那你们也要加油哦!"小红鼠摸了摸两个学妹的

头,她手里痒痒的,却很舒服。

……

这一系列事件,让小红鼠体会到了世间真、善、美的存在。她想到了《巴黎圣母院》中的卡西莫多外貌虽丑陋,但心灵却非常美,最后即使没有长生不老,但终生跟自己心爱的女孩在一起。小红鼠不再犹豫,为了自己心中的那份坚持,纵使自己也不是太明白,但还是会勇敢向前。

小红鼠看着自己光荣而闪光的三条杠,决定要打起人性"蓝天保卫战"。

这些,早已不再是梦,而是钢铁般的真实。

这天晚上,爸爸妈妈都在,小红鼠拿着自己的奥数本,皱着眉头问鼠爸:"爸爸,有200个头,620只脚,问有几只鸡几只兔。该怎么做?我一点头绪都没有啊,急死人了……"说着,眼睛都红了,好像这是世界上最糟糕的事情。

问学习的问题,这在小红鼠成长的历史中可是很罕见的事情,鼠爸似乎受宠若惊,惊奇地看着自己的宝贝女儿,结结巴巴地说:"你……你……要学习……奥数了?"

"嗯,是的,我应该学在别的同学的前面,我现在是大队委了,学习不好的话,会被人笑话。"小红鼠一本正经,仰着头,眼睛里是坚毅的目光,丝毫没有以往那种浅尝辄止、任意妄为的影子了。

鼠妈感动得差点流出了眼泪,她想起早上校门口家长们的议论,想起孩子曾经的不懂事,曾经做过多少蠢事傻事,如今竟然变得懂事了。她抱着小红鼠,抚摸着她的脸颊,说:"好孩子,妈妈真为你骄傲!"说着,悄悄抹去了眼角的泪水。

鼠爸说:"孩子,你这是六年级的奥数题,你现在学习还早呢,先学习简单一点的吧。"爸爸似乎不相信自己的孩子有这么大的变化呢。

"不,爸爸,我三、四年级的已经会了。我已经可以学习六年级的内容了,您教我吧!"

"好,好,爸爸教你……"

夜已经深了,夜鸟们似乎都休息了,只有偶尔飞过的猫头鹰的声音让森林变得静中有动。石头、泥土被太阳晒了一整天,草木为被太阳晒了一整天,到这时各散出一种热气。空气中有泥土的气味,有草木的气味,还有各种甲虫类的气味。小红鼠看着满天繁密的星星,心里充满了对美好未来的期盼。

"努力吧,少年!"

不懂得爱

小红鼠的左臂上扣着三条杠杠袖章,走到哪儿都很威风。只见她闭上双眼,敞开双臂,仿佛进入了一个全新的世界。

大家都说母凭子贵,如果子本身就很贵,则母更贵。鼠妈也开始飘飘然了。

只见鼠妈身穿粉红毛绒大衣,腿着紧身裤。因为小红鼠当了副大队长,她还特意买了一支迪奥新色号口红。"哒哒哒……"鼠妈可是首次穿高跟鞋。等候孩子的家长中,就数红鼠妈最耀眼。

"哎哟!小红鼠妈!您女儿可真棒,都当上副大队长了。"大黑鼠的妈妈夸赞了一下。

红鼠妈妈笑笑,手轻轻抚了一下脸,来了句客套话:

"您孩子也很厉害呀。"此时,红鼠妈妈的心像是被一个黑布包着,灰蒙蒙的。其实连对方的孩子是谁,她都不知道。

只要我孩子牛,有别人夸赞就行了。

由于小红鼠当上了副大队长,她在家里的地位从原来的VIP变成了VVVIP,"蹭蹭蹭"地直升。

可是好景不长,小红鼠再次遇到了她的死对头二号——语文考试。语文要背书,小红最怕背书,也最不愿意背书。本次语文测试,全班三人未及格,小红鼠自然在其中。三人未及格,一个是傻的,一个是痴的,这两人都是实验儿童。小红鼠心里暗自哭着:哎!那我岂不是呆的了吗?虽然自己已经很努力,但是掉下来的课程可不是一下子就能补上去的。而机会是一下就过去的,这次要给自己的人生,不,鼠生留下遗憾了。

就因为这件事,小红鼠的副大队长也丢了——被班主任暂时免职,以观后效。幸好校长还没有开口,不然真的没有任何机会可言了。

"都说煮熟的鸭子飞不了,我的鸭子怎么这么快就飞了呢?难道我的鸭子没煮熟?"小红鼠可知道这件事有多么严重,原本是往鼠妈脸上贴金,现在可是掉金呀!得不偿失!

鼠妈早就意识到这事的重要,对着小红叫着:"小红,你过来。"

小红鼠这次没有害怕了,因为于她而言,考及格太难了,就如同在沙漠里找到湖水一样,不可能!

"在接下来的时间里,你每天背熟《古诗词80首》中的5首。"鼠妈心里的如意算盘打得可好了,语文差,就先从古诗积累开始。

小红鼠听了,心里可慌透了,哎呀! 古诗,我的大弱点呀! 不过,在爸爸那背,说不定可以蒙混过关。嗯,就这么定了!"哦。"小红鼠可是戏精,要是在妈妈面前表现得很开心,她一定看得出有问题,所以要装得失落一点。

第二天,小红鼠开始了背书生活。"今天先背《短歌行》吧。"小红鼠心中的计策是这样的:先背一天是一天,一首是一首,蒙一次是一次。

"青青园中葵……嗯……后面什么来着,算了,当完成了,去背给爸爸听。"小红鼠感觉自己此时像过安检时带了违禁物品,生怕被查出来。"呼……呼,试一试吧,不试怎么知道呢?"小红鼠不断鼓励着自己,如给气球打气,但千万不能打太多,不然信心就好似气球爆了,气全跑了。

那边鼠爸正在看世界杯回放,看得正欢呢!

"进球！进球！进球！……唉,今年世界杯都变成欧洲杯了,亚洲太差劲了。"鼠爸左手端啤酒,右手持烤热狗,随着球赛的情况,左右手如拿着刀枪向敌人进攻,不时乱挥着。

"爸,检查我背一下古诗。"小红鼠手拿着《古诗词80首》缓步走向鼠爸,她可羡慕着呢!

"哦……进球！YES,好的,你背吧。"鼠爸根本没有把这个当回事,他的心,全被世界杯给吸引了。

"青青园中葵……朝露……嗯……朝露什么来着?"小红鼠忘记了,这是自然的,她根本没背会嘛!

算了算了,直接重复背着这一句就好了。小红鼠有些不耐烦。

而这时的鼠爸,更加投入世界杯的比赛,视网膜都快被吸进去了。你瞧他,书的页码都翻错了。

"青青园中葵,朝露青青园,中葵朝露青……"小红鼠开启了新型复读机模式,一遍又一遍……

"爸,我背好了。签个字。"小红鼠从口袋拿出一支派克限量版钢笔,那是鼠爸送她的生日礼物,希望她好好学习。

"好。"鼠爸胡乱写了一个"已背",真是比"龙飞凤舞"

不懂得爱

更高一级。

　　小红鼠之前有点悬着的心终于平稳着陆了,真爽快,就如快速地踩气球,"啪啪啪啪",听着痛快极了!

　　"妈,我背好了。你看,字都签了哦!"小红鼠此时信心满满,鼻子里都要冒烟了。

　　鼠妈接过本子一看,嗯,的确签字了:"好! 那你再背一遍给我听听,行不?"

　　"哦……哦!"小红鼠一听,双手挠头发,一脸的惶恐与不安,心想:啊! 啊……啊,情节怎么变得这么快,我可不会背啊!

　　妈妈看着自己的孩子,那个说自己要学奥数的孩子,那个做了副大队长又被免职的孩子,酸甜苦辣顿时涌上心头,忽然哭了起来:"我怎么这么命苦哇……"

　　小红鼠顿时傻了,我不会背,又不是妈妈不会背,她哭啥呢?

　　妈妈的眼泪好像能唤醒小红鼠内心的自尊,她的眼睛迷蒙了,脸也开始红了,手掌心也出汗了。爸爸跑了出来,手里还拿着遥控器,一脸茫然地站着。当他弄明白了一切后,眼睛里冒出了火球:"小红,你这是要气死我们吗?"

　　小红鼠抱怨妈妈的苛刻,抱怨爸爸的"助纣为虐",抱

怨自己成长在这样一个家庭。她哪里知道，随后的日子，
会让她觉得有这样的父母才是最幸福的。

　　这夜，很长很长。森林的灯火都依次熄灭。唯有小红
的房间还亮着，里面传来了背书的声音：青青园中葵，朝露
待日晞……青青园中葵，朝露待日晞……

妈妈失踪

"大王叫我来巡山，我把人间转一转……"小红鼠边唱边在脑子里想着自己该干些啥：妈妈老叫我背古诗，我就背古诗；妈妈叫我看电视，我就看电视（当然这是不可能的，哈哈……）；妈妈叫我睡觉，我就睡觉（这可由不得她，我想睡就睡了）。

小红鼠觉得自己虽然暂时失去了副大队长的职务，但生活还是过得很不错的。一天到晚吃喝玩乐、躲猫猫，用小红鼠的话来讲，就是"红鼠生活夹心脆"。

"咕噜噜……"小红鼠的肚子又发出了抗议。"现在才九点钟，八点钟不才吃过饭嘛！"小红鼠也有些抱怨自己的肚子了。问题出在什么上面？嗯！一定出在我的零食上面，上次表弟一来，把我的珍藏版零食一扫而空了。现在我的肚子在叫,那么我的零食柜也一定在叫。哎!可不能饿坏了它。要不去隔壁老王那里偷些油吧。

说走就走,小红鼠准备赤手空拳、手无寸铁地去偷油。

只见小红鼠悄悄溜进老王家千年未补万年未修的家,马上又跑了出来,哟!老王正在看电视呢!不管了,赶快去厨房找油。小红鼠心中还是有些不安的,就像有一根绳子,绑住了小红鼠的心。小红鼠一边找油一边想:要是我被发现了怎么办?说我是从天上下凡的天使,帮他修地道的?不可能,太荒唐了!谁会信一只老鼠说的话。

小红鼠翻来覆去也只找到一小盖子的油,哎!算了,虽然收获不大,但也能挺一个星期。小红鼠看着这一小盖油,唉,你是我的心,我的肝,我的可爱小宝贝。

正当小红鼠要离开这里,她听见老王电视机里传出这样一段话:王××记者报道,猫国于×月××日向全猫人民发布了一条消息,谁在一个月内抓的老鼠最多,谁就能当猫王。

当猫王?这要是让我当鼠王,我也会认真地去抓猫……不对不对,这样我们的老鼠就是世界末日了!太可怕了。哎呀!快溜,这可怎么办呀!这对老鼠来说是灭顶之灾呀!小红鼠的汗水像珍珠一样挂在脸上,眼睛里调皮的光瞬间就不见了。这个消息对于老鼠而言,那简直就是灭顶之灾啊!

小红鼠马上回了家,见鼠爸正在看《鼠日报》。连忙说:"爸爸,猫世界要发起清除老鼠的行动了,您说怎么办?"

鼠爸爸转过头来,不屑地笑笑,说:"这样的行动已经有过108次了,我们不是活得好好的吗?傻孩子,不用担心。"说完,继续看报。

小红鼠知道爸爸的心大,得把这消息告诉妈妈,于是到厨房找妈妈,咦,没人?"爸,妈呢?"小红鼠很是奇怪,妈妈可是号称鼠界第一宅女的。

"哦,不知道她今天干什么,说不用外卖,自己到菜市场买菜。"鼠爸回答着,他也甚是不解,感觉今天鼠妈脑子断了根筋。

一晃就到中午十一点了,小红鼠在时间中漫游,她一直等待着,妈妈都没回来。她有了一个不祥的预感,妈妈不会出什么事情了吧?于是焦急地跺脚:"爸,妈怎么还没回来?"

"肯定是路上堵车了,不然怎么会这么迟呢?再等等吧!"鼠爸继续看着《鼠日报》,这可是他的最爱。鼠爸爸跷着二郎腿,一边喝着红茶,倒是一点也不紧张呢。

可是,等到下午一点,妈妈也没有回来。

这下,鼠爸爸才开始着急了:事情不对了,电话打不通,人找不到,鼠妈妈失踪了!

这对小红鼠来说简直就是五雷轰顶。她感觉整个世界都变得漆黑了,整个地球都在不规则地旋转,世界上的一切都变得模糊而诡异。她感觉很冷,那种冷是彻骨的,是从心里开始的冷。她缩在墙角,瑟瑟发抖。她感到很绝望,好像在茫茫的黑夜找不到方向了。

小红鼠想起了妈妈做的油爆虾,美味十足,油汤还可以拌饭,或者第二天早上下面条吃。真是"上有天堂食,下有油爆虾",以后再也吃不到了? 这还是小事,以后妈妈讲的故事再也听不到了,妈妈的关心再也没有了……小红鼠感觉自己被世界遗弃了。

世界乱了。

警察来了。

邻居也来了。

所有的同学都来了。

老师也来了。

…………

大家议论纷纷,大家都着急得没了主意。

小红鼠绝望了,泪水就像庐山瀑布一样流下来了。

忽然有谁说了一句:"小蓝鼠怎么没来?"

老师连忙点人数:"一、二、三……十八、十九! 咦,少了一个。哎! 小蓝鼠呢?"老师急急忙忙地拿出手机打电话。

"呜……呜,老师,小蓝他不见了!"电话内传出小蓝鼠妈抽泣的声音。

什么? 小蓝也不见了? 猫们一定开始行动了! 小红鼠忽然明白,自己正面临着一场世界级的危机。这个危机,是考验她的智慧和勇气的时候,是考验她能否战胜恐惧的时候。

她攥紧拳头,暗暗发誓:一定要找到妈妈和小蓝鼠他们。

祸不单行

小红鼠痴痴地看着窗外，秋天来了。你细细地听，听见她的脚步声了吗？它时而舒缓，时而又急得让人听着有些心烦。不过，秋风迎面送来无边的清新，把世界变得和别的季节有所不同。

小红鼠想，猫国下令捉老鼠，妈妈和小蓝一定是被抓走了，希望他俩都没事。

小红鼠细细地看着窗台，不想放过任何一个角落。"啊！"小红鼠惊奇地叫了一声，原来，她看见了一个猫爪印。"妈妈一定是在这被抓走的！"小红鼠断定。她感觉自己此时真像一位神探，立马就清晰地分析了此次案件。

"妈妈，我一定会找到你的。"小红鼠坚定的眼神投向天花板，它如刀一般锋利，真是望母心切啊！

大人们忙成了一锅粥,可是小孩子不被允许参与到案件中。所以,小红鼠还得去学校。她背着书包,踏着如铁锤一般沉重的步伐走向学校。她本认为,生活将要平静一段日子。她走进教室的时候正好早上八点,哟!踏着铃声进校门啊!

小红鼠原先还没注意,只是看见一大群人围在老师办公室门口。唉,肯定又是×××闯祸,然后×××又去告状,接着围观群众一大片了吧!我就不去凑这热闹,反正去凑热闹,老师又不会奖励棒棒糖吃。

"啊?怎么会这样?"

"这可怎么办呀!"

"这一定是假的!"

"不可能!不可能!"

"老师怎么可能失踪了?"

……

小红鼠本来正在看注音版《西游记》的最后一章,师徒五人皆大欢喜,当了神仙,情节欢欢乐乐。但是,"老师失踪"的话传进耳朵时,小红鼠感觉自己就像孙悟空,被如来压在了五指山下。小红鼠认为自己一定在做梦,她用力地扯自己的耳朵,啊!好痛,看来,不是在做梦。

小红鼠连滚带爬地拥向人群,大家议论纷纷,但全场人的脸都阴沉沉的:老师虽然严厉,但毕竟是负责而有爱的老师,在他们的脑海里,老师就是和妈妈一样的,爱大家,又严格要求大家。

小红鼠想哭,但她哭不出来,因为她知道,哭是没用的,自己一定要坚强,要凭智慧和勇敢去救出妈妈和老师。小红鼠说着心中就燃起一堆火焰,是勇气激起的火焰。

下午,一群男生就围在一起,如七嘴八舌的女生一样,开起了茶话会。

"大家都想想,有什么办法可以救救老师?"小红鼠焦急万分,眉毛打结,似乎两条冬眠的毛毛虫。

"老师怎么不见的,我们都不知道,怎么想法子呀?"大嘴巴鼠开口了,别看他是大嘴巴,平时可不怎么爱说话,今天居然开金口了。哎,人人皆急呀!

小红鼠早就把老师和妈妈的失踪串在一起了:"我前几天去偷油吃时候听说,猫国开始疯狂捕鼠,一个月内捕到老鼠最多的猫当猫王!"

"啊? 被猫抓了?"各个小鼠都很惊讶,他们都是生活在蜜罐里的,哪里知道外面世界的危机重重。

"我听说,有些蠢猫最好骗,老鼠都不会碰一下,只要拍拍马屁就行了。"小红鼠赶紧给大家鼓气。她看着这群朋友的样子,不是把眼睛瞪得和橘子一样大,就是躲到桌下露出个头发尖。听小红鼠这么一说,有一些胆子大的小鼠就平静了,一些胆子小的,哆哆嗦嗦也出来了。

"哎!那本周六我们就去找找有没有这样的笨猫!"小红鼠轻轻地提议,"今天是周五,晚上大家回家都好好准备准备,壮壮胆!"

"好!"众小鼠一齐呼喊。

"我们还要准备一些东西,不然我们也会有危险的。"小红鼠想起了上次的冒险,自己的小命差点就丢了。所以她显得很老成持重。

"对,对,小红说得对。"小瘦鼠附和。

"我们先到老师家去一趟吧,看看是否能发现线索,这也很重要。"小红鼠又说。

"对,对,小红说得对。"小花鼠附和。

就这样,小红鼠带着一大帮小老鼠来到了老师的家。

院子里安安静静,草地也整整齐齐,没有任何搏斗的痕迹。他们打开老师的家门,从客厅开始寻找线索:半个没吃完的苹果和一个落到垃圾桶的干净的茶杯引起了小红鼠的注意,在她的脑海里出现了一些连贯的画面:老师正在吃苹果,一只猫出现在窗台,然后悄悄接近老师,最后迅速地扑向老师,不小心把边上的水杯给撞倒了,滚到了垃圾桶里。

大家听了小红鼠的分析,纷纷赞叹小红鼠思维缜密,不由竖起大拇指。

小红鼠睁大眼睛继续观察,发现窗台上也有猫的脚印,而且和自己家里发现的脚印很类似,大小一样,足垫形状类似。难道老师的失踪和妈妈的失踪是同一只猫所为吗?

小红鼠把自己的发现和大伙儿交流了一下,大家都觉得这完全有可能。

走出老师的家,小红鼠心里沉甸甸的,她感到自己的胸口似乎压着一块很厚的石头,让她喘不过气来。此刻的内心就像岩浆流过,灼痛,却无法得到抚慰。

天气忽然变凉了,夜色开始悄悄蒙上了天。小红鼠回到家,坐在书房里,呆呆地想着,哭着,她想妈妈了,她祈祷妈妈能平安。

有时候,只有在危难的时候才能让你真正感受到什么是爱。

的确是啊。

得偿所愿

也许是碰巧，也许是运气好，小红鼠很快就发现了一只超傻的猫。

那是一个特殊的夜晚，风不大，树不摇，整个天地的光源由电灯维持着，月亮沾着太阳的光，也隐隐微笑。

小红鼠突然注意到了一棵大树旁，有一对眼睛在闪闪发光。那是什么？猫眼？我遇到猫了？哎！它应该没发现我。它好像在吃小鱼干。嗯！好香，我也好想吃。可是它是猫呀，我一去它就会把我抓起来的。可是，看它这圆滚滚的肚子，现在一定不怎么想捉老鼠。走，去瞧瞧！小红鼠的内心就像算盘珠子，一上一下的，真是忐忑不安。要不是妈妈和老师，谁愿意过这么惊险的生活啊。但是没办法，自己必须学会长大了。虽然成绩差了点，但是不妨碍自己成长。妈妈经常说,会负责任的鼠才是真正长大的鼠,现在应该是自己成长的时候了。

小红鼠渐渐走近那只胖猫,腿哆嗦着,硬着头皮壮着胆,说:"你好呀!猫兄。"小红鼠朝那只猫露出了空姐式标准微笑,但是微笑的背后是她能听到自己扑通扑通的心跳声。

那只大懒猫吃得太投入了,被小红鼠的问候声吓了一跳,躲在树后,发现是小红鼠才放下口中的鱼:哈哈,竟然是老鼠,好呀,你这只死老鼠,见到本猫竟然不害怕,奇了!真奇。大懒猫捋捋胡须,说:"你想干吗?"大懒猫一边说话,一边盘算,先玩一会儿,待会儿再抓她也不迟嘛。这么想着,脸上不由浮现出傻傻的笑容。

小红鼠一听,更加确定了,一定是一只懒笨之猫,好骗:"嘿嘿!猫兄,你可别看我是老鼠,我最讨厌当老鼠了,我经常帮着我家后院的那只猫捉老鼠呢!"小红鼠说谎言就像说真话一样,虽然内心很唾弃自己,但是面对狡猾的敌人,谁还能和敌人一起背诵《道德经》呢?

"哦?你怎么帮猫捉老鼠呀?"大懒猫眼睛里突然闪射出好奇,这样的老鼠还第一次遇到呢,你说谁熬得住好奇啊。

"其实是这样。我先分发掺杂了迷魂药的面包给同类吃,等他们昏迷了,就把他们关进猫的笼子里。"小红鼠讲着,自己也入了迷,想当年,她可是幼儿园编故事大赛的冠军。她一边说,一边点着头,一副入情入境的样子。

大懒猫一听,乐了,他笑的样子十分像一头大肥猪在进食。"哈哈……好!那你以后就来帮我捉老鼠,我每天给你一条小鱼干当工资。怎么样?这条件不错吧!"大懒猫用爪子直在脸上挠,"哦,对了,我叫大福,你就叫我福哥吧!呵呵呵……"大懒猫很快就上当了,难道这就是"好奇心害死猫"典故的由来?

"好!"小红鼠一听,好呀好呀!大懒猫中计了,真好骗!"那不知,您的笼子在哪,小弟好给您送过去呀,福哥!"小红鼠还差点忘了,最最重要的东西可不能忘了问呀!

大懒猫一听,用他那尖锐的爪子抠了抠牙缝:"看!看!看到没,就在这堵墙的后面,从这个通气口看,看到没?看到了吧!就在那左边的一个笼子里,顺便偷偷告诉你,我已经抓到了两只老鼠了!哈哈!"

小红鼠顿时激动了!两只老鼠?说不定就是妈妈和老师呢!

"好!好!福哥,那从后天开始我就帮你捉老鼠吧!明天我准备准备,搬到你这来。"小红鼠可没有入戏太深,她是要告诉同学们的,还要商量的,当然要留一天时间出来呀!

"好的,好的。喏,这个小鱼干先奖励你!"说完,大懒猫把鱼干丢给了小红鼠。

小红鼠装出千恩万谢的样子,赶忙告别离开了。一路回去,她觉得自己的腿还是发颤——这是她人生的一次真正的冒险,弄不好会丢了自己的小命。可是,为了责任,为了担当,为了母亲和老师,她没有撤退可言啊!

很快,和小红鼠一起的小鼠们都知道了大懒猫。小红鼠要把他们都介绍给大懒猫,然后争取机会救出妈妈和老师。于是他们精心打扮了自己,准备去见见大懒猫。一只只小鼠用双面胶把自己捡来的树叶贴在衣服上,用"红""黄""蓝"三色的水彩笔在脸的两边各画一条横线。小红鼠更是威风,从爸爸书桌的抽屉里翻出一个小口哨。"嘟!嘟!嘟!"地吹起来,像刚上任的猴子将军,有些滑稽,又有些威武,看着真让人发笑。

他们来到大懒猫的地盘,恭恭敬敬叫福哥。当然,在背后,他们都叫他"狗屁"。这个封号,可是他们讨论了好久才得出来的,因为他们想来想去,都觉得只有这个最适合。

得偿所愿

紧接着,小鼠们的拍马屁神功开始上演:

小红鼠笑着说:"福哥,我的这些助手,可是个个能干,个个孝敬您,希望您能带领我们创造美好的生活!"

小瘦鼠腼腆地说:"哎!福哥,来来来,我家里刚买了些巧克力,可好吃了,我挑了一些黑松露巧克力献给您。"小瘦鼠手捧一小盒巧克力,其实里面只有两块。

小花鼠说:"福哥! 家里刚出土的花生,带来给您尝尝,是您最爱吃的奶油味儿,我们特意给您加了料,希望您喜欢。"

……

这个夜晚,每只小鼠都躺在大草原上,两手支着头,正看着星星,星星好似也在跟他们交谈。

"我们能救出妈妈和老师吗?"

"我们能做到的!"

"是的,一定能! 再说我们遇到的可是一直大笨猫呢!"

"哈哈哈哈……"

"嘻嘻嘻……"

夜渐渐深了,可是这些孩子彻夜难眠。谁能睡着呢?明天会有怎样的遭遇呢?

一网打尽

"小花!"

"到!"

"小瘦!"

"到!"

"大黑!"

"到!"

…………

小红鼠手持一个小本子认真点名。

"立正!"小红鼠凝视着一个个队员,嗯! 迷彩军装——黑衣服上贴着树叶。树丛脸贴——水彩笔画上去的。嗯,不错,这次一定能救出妈妈和老师。

"各位,我希望这次施救能够成功。我认为一定能成功!"小红鼠自信地说着,"好,如果这次施救成功了,我就把我的百宝箱分给大家!"

"哇!"小鼠们一听,一边流口水一边为自己鼓劲。

嘿嘿!小红鼠的"百宝箱"绝对名不虚传。在百宝箱里,有各种各样的可口零食,也有各式各样的益智玩具。

大黑鼠听到百宝箱,心想:哎呀!百宝箱,好东西好东西,一定要得到它。

这一天,小红鼠一路人开始行动了。看看天气,阳光不大,云宝宝却到处乱窜。他把所有的好朋友都叫了出来,好像也要执行任务呢!

"一路,到栏杆左边,时刻观察敌方动静。"

"二路,到栏杆右边,也时刻注意敌方的风吹草动。"

"三路,你们跟着我,去救老师。"小红鼠一会指指左边,一会指指右边。此时,它们躲在大树下的草丛里,有了杂草的保护,又加上有"迷彩服"掩护,猫是断然发现不了它们的。

小红鼠带着三路人马,悄悄地向铁栏杆进发。看看它们,有的站在小红鼠左边,手中拿着枪——其实是水枪,准备随时攻击敌人;有的贴在小红鼠右边,像玩丢手绢时那样围了一个圈,来保护小红鼠;小红鼠自己呢,像是一个刚偷完东西的贼——反正老鼠都是干这行的。

"啊！我中枪了！呃……"一只小鼠——小花鼠尖叫起来,她把右手放在心脏的位置,两眼瞪得快要跳出来了。

别的小鼠都被他的这一举动吓得乱了阵脚,一个劲地拼命往小红鼠后面闪。等回过神后,朝他一瞧,咦?哪里中枪了?不就小腿湿了一点嘛!而且她的心脏处没有任何问题呀!真是的!众鼠又平静了下来。

小红鼠瞧见小花鼠那窘样,两只耳朵瞬间石化了——有生气也有无奈。哎呀!我怎么找了这样一群人?唉,是我叫他们做的心理准备太少了吗?

"快!你给我镇静点。你的心脏没有啥问题,只是小腿湿了!"小红鼠踩着步子跑过去,好似每一步都有一块大石头重。她扯着小花鼠的领子大声斥责:"再这样,你就得退役了,知道吗?"

小红鼠这一番话,才让小花鼠平静下来,因为退役了就没有百宝箱了呀!

三路鼠队顺利进入栏杆内。

他们的心忽然砰砰乱跳起来,成功很难,但并非想象中的那么难。小红鼠心里暗自高兴,觉得整个世界都充满了亮色。她的眉毛和鼻子都能跳舞了,眼睛里的光就像天上的小太阳。她的目光到处搜寻着笼子,转了好几个弯,眼前赫然出现了一个笼子:咦! 怎么是个空笼子?

所有的小老鼠都面面相觑,内心忽然涌上了不祥的预感:难道我们中计了?

这时,一个大黑影瞬间笼罩住了全部小鼠,在黑影的最上方,露出两个尖角……

"啊! 难道……"小红鼠眼前一团白,还没等她说完,只听"砰!"的一声,全部小鼠被击至昏迷。

时间过了好久。

"嗯……嗯! 我是谁? 我在哪?"小红鼠突然醒了。虽然醒了,但此时的她,还在迷茫之中。她瞧瞧身旁的小鼠,啊! 怎么……怎么都睡着了?

"你们快醒醒呀! 大黑,来喝水,——小花,来,这有土豆粉……"小红鼠挨个叫着,并拿出他们喜爱的食物。可是,回应小红鼠的只是一片被秋风吹下的落叶。

"哟,醒了!"大懒猫龇牙咧嘴的样子真是滑稽,露出的牙齿尖利,泛着白光。脸上那股傻傻的样子突然一扫而光,取而代之的是精明和强悍。他手里晃着一串明晃晃的钥匙,似乎在证明一切都在他的掌控之下。

"你……你怎么抓我们……"小红鼠尽量控制自己的情绪,还想把原来的一套继续演下去。话说了一半,自己都不想说了,很明显大懒猫并非她想象中的蠢货,而是货真价实的机灵猫、智慧猫。也正是自己的幼稚导致看轻了对方,才造成了目前的局面。

"少来这一套。哈哈哈,你以为你的计策我一点都不知道吗？我只是想抓更多的老鼠,我要成为猫届冠军而已,哈哈哈哈哈……"大懒猫发出了尖利的笑声,身上的每块肌肉都在颤抖。

"你！你!"小红鼠被气得瑟瑟发抖。

"哈哈,有了你们,我成为冠军应该不难了。小红鼠啊,要感谢你啊！哈哈哈……"大懒猫讽刺挖苦的笑声就像一把利剑,刺穿了小红鼠所有的幻想,带来了无尽的羞辱,也戳破了所有的虚荣。

"你把我妈妈和老师怎么样了……"小红鼠想,既然已经都知道了,就索性把话说明白吧,自己最牵挂的还是妈妈和老师的安危。

"哟哟哟,看不出,你还是个大孝女啊,哈哈哈……你会知道的,我会让你们团聚的,哈哈哈……"大懒猫笑得眼睛都成了缝,咧开的嘴就快成为深不见底的山洞了。

小红鼠暗自窃喜,看来妈妈和老师没有性命之虞,不管怎样,天无绝人之路,也许大家还能脱险呢。

因胖而患

　　小红鼠沉浸在悲伤中。

　　她看看身旁的同伴，是怎么了？难道已经死了吗？不对，大懒猫告诉过她，他们只是被震晕了而已。妈妈和老师呢？他们又在哪里？我怎样才能找到他们？我能战胜大懒猫吗？……一大堆问题在小红鼠脑子里游荡，像一个个幽灵，回旋着、升腾着、变幻着。

　　对！我不能对死亡有恐惧感，我要克服困难！爸爸曾经说过，鼠之所以能代代相传，并非因为强大，而是机智，是面对苦难时的勇气。对，我一定能战胜自己，战胜恐惧，战胜大懒猫的。可是，要战胜大懒猫，我又该从何入手呢？小红鼠深思着。

　　之后的一段日子，让小红鼠意想不到的是，大懒猫每天给小鼠们送一顿饭。小红鼠刚开始不敢吃,她怕有毒!小伙伴们吃了并没啥事,才敢吃一点,吃的时候还不时祈祷,希望这不是大懒猫的缓兵之计。

　一个夜晚,夜色很美,也许是地理位置好的原因吧,月光好像换上了婚纱,在漆黑的夜空中是那么美丽动人。小红鼠却提不起兴致,再好的夜景,没有想见的人,景色在眼中也化成一团乌云了。

　就是这月光的神助攻,让小红鼠隐约看见远处的屋角有一个东西。这是一个四四方方的东西,中间有一个空缺,难道说……这是笼子?那里面会不会关着老师和妈妈?小红鼠一时的激动顿时涌上心头,会不会是妈妈和老师,这可是一个谜。

　"妈妈?"小红鼠的心里充满疑惑,但她还是要试一下。

　"哎!小红!是你吗?"红妈应声了,她好多天没有听到这个声音了。

　"妈妈!妈妈!是我!"小红鼠奋力叫着。哦!是妈妈,妈妈在这!太棒了!小红鼠感觉自己心中燃放着多彩烟花,世界从来也没有这么绚丽过,心跳得真快呀!

　"小红,妈妈终于找到你了!对了,你怎么在这?难道?你也被抓了!你爸爸会有多担心呀!"鼠妈要哭了,这可是坚强的泪,因为鼠妈永远是女汉子!

"妈妈! 呜……妈妈! 你真的被抓了。妈妈,别怕,我马上去救你!"小红鼠双手抓着笼子的铁杆。此时的它,像一只被囚禁的鸟儿,急于展翅向外飞翔。

旁边的小鼠一个个陆续苏醒了。有的小鼠听到了小红鼠和她妈妈的全部谈话,泪水把整个布袋都打湿了。有的只听到了一部分,也哭得稀里哗啦。

小红鼠想把脑袋向外探——因为整个身体头部最宽,如果头部能过去,那整个身体自然都没问题了。

"呀! 一二三! 一二三!"小红鼠努力把头向外挤着,可是刚巧到一半,就怎么挤也挤不过去了。哎! 可能是我的头太干了,抹点口水吧!

"一二三! 哎! 一二三! 哎!"小红鼠又为自己打着气。旁边的小鼠也都屏着气,推着小红鼠的身子。

小红鼠慢慢地挤着,疼得眉毛像一条毛毛虫。"啊! 出来了!"小红鼠看着自己的头,终于在笼子的外面! 呵呵! 今天可以救出妈妈了! 可是,小红鼠猛然想起了一件严重的事——自己的肚子太大了!

小红鼠可是家里的宝,平时吃得特别多,而且她也不爱做运动,这肚子自然就一天天地堆上了脂肪,仿佛一个会走路的汽油桶。小红鼠万万没有想到,阻碍自己出去的,竟然是肚子! 肚子! 她曾经想过减肥的想法,可总是被一顿顿美餐破坏得一干二净。

"啊! 我的肚子! NO!"小红鼠开始有些恨自己,恨自己当初为什么要那么贪吃,恨自己当初为什么不下定决心减肥。但是,这一切早已是现实,是无法改变的。永远不要为已发生的和未发生的事忧虑,为已经发生和既成事实忧虑也于事无补。对的,我要努力改变。小红鼠想着,看样子一时半会儿是不能出去救妈妈了。那! 我从现在开始,要节食! 嗯,一定要瘦下来。

小红鼠思考着,突然传来一声:"哈哈……出不去吧!"果然,又是大懒猫。

大懒猫嚼着口香糖:"你觉得我会这么傻,给你一个能偷偷逃出去的笼子? 你好天真!"大懒猫坐下来,用它那锋利的猫爪"摸"着小红鼠的肚皮:"你看看你,再看看你那群同伴,个个都跟个球似的。"

"哈哈……"大懒猫走了,笑声不停地回荡在小红鼠耳边。

此时,小红鼠难受得感觉有一把利刀插在了胸口上,周边的一切都黑魆魆的,犹如鬼魅一样看着她,嘲笑她,讽刺她。此刻她的心犹如被扔进了油锅,被煎熬得发烫,刺痛,焦灼。她后悔没有把自己的发现告诉爸爸,后悔自己要充当好汉,后悔失去了救助妈妈和老师的最好机会。泪水就像瀑布一样挂在她的眼睛里。

"别哭了,小红,我们再想想办法吧。"小花鼠虽然已经怕得不能走路,却安慰着小红鼠。

"是啊,别哭了。"

"不哭,也许爸爸妈妈会来救我们的。"

…………

小红鼠摸着自己的大肚子,看看自己滚圆的大腿,想起自己平时的胡吃海塞,想象着妈妈和老师被猫吃了的场面,她感觉后脊背阵阵发凉。不,我不能害怕,爸爸说过鼠能生存下去,不是靠强大,而是靠智慧。如果错过了太阳时我流了泪,那么我也要错过群星了。

她控制好泪水,她不能让其他的小伙伴感觉到绝望。她开始静下来,开始思考着老师们平时教过的知识,回忆自己看过的各类惊险小说的情节,希望能从中找到解救大家的方法。

夜,很厚,犹如黑棉纱,把大地包裹得严严实实,把世界封闭得不露缝隙。

挑 战 自 我

小红鼠决定节食。瞧,小红鼠正在边运动边唱歌:

姐姐妹妹,我们不自卑。

这样的人,没必要理会。

我承认,我的身材不够美,

但我拥有一颗快乐的心扉。

早起早睡,我们多美。

这样的人生,多么完美!

即使累,也有生活的滋味!

为了变成小蛮腰,

天天争这一口气,

燃烧我的卡路里……

大懒猫又来送饭了:"哟! 不吃? 真倔哈! 可别把自

己饿死了。少一只老鼠可能就拿不到第一名了呢!"大懒猫把一盘鱼松放在小红鼠面前。

小红鼠瞅了一眼鱼松:哇! 两面金黄,看来真不错呀! 可是,为了救大家,一定不能吃! 一定不能吃。"哼!"小红鼠把头一扭,再也不看鱼松一眼。小红鼠此时,真想取一副弓箭,将大懒猫一箭穿心,射死他。

大懒猫一看,好啊! 你个残鼠,本大爷把最好的鱼松给你,你竟然不要?

"好! 你爱吃不吃,反正本大爷的美食多的是,到时候可不要求我哟!"大懒猫的眼睛像银针。

小鼠们看到了这一幕,他们纷纷停下嘴,放下碗,去劝小红鼠。

小花鼠看看小红鼠,都快瘦成柴了:"哎呀! 小红鼠,你就吃一点吧! 可以不用全吃完,但总要吃一点呀!"

小红鼠想了一会儿,摇了摇头。

"说点难听的,小红鼠,你得活命呀! 每天只喝一口水,这可怎么行呢?"小蓝鼠和小红鼠经常有一起玩,关系近,也就不啰唆了,直接开门见山,正中要点。

小红鼠仍然跟没听见似的,坐在那呆若木鸡。

她仿佛看见了自己内心的坚强,涌动着一种从没有过的勇气和毅力。要是在过去,她是无论如何都不能忍受美食的诱惑的。如今,她觉得自己肩膀上承载了多少压力和责任。有人说过,只有懂得承担责任了,才是真正长大。这一瞬间,小红鼠感觉到一种无比崇高的使命。

"我们都知道,小红鼠,你怕长胖,对不对?我看过一本书,上面说过,吃鱼肉是不会长胖的。鱼松是鱼肉做的,又有什么关系?"平时对美食特别关注的大黑鼠发话了。他常常对自己说:"吃吃吃,天下第一!"

小红鼠又只是摇摇头。

她沉默了好一会儿。

"哟哟哟!太阳当空照,花儿对我笑,小鸟说,早早早……"大懒猫又提着一只老鼠进来了。这只老鼠样子苍老些,服装却十分得体。

小红鼠被这歌声吵醒了——她早就饿昏了。小红鼠想凑近看看,这次大懒猫抓到的是哪只老鼠,以防到时候营救落下了。

哎哟!不看不知道,一看吓一跳,竟然是鼠校长!

"大懒猫!你竟然抓了我的鼠校长!"小红鼠努力想把头伸出去,包括整个身体,可还是卡在肚子上。

小红鼠看到鼠校长,不想让校长担心,便没有再发声。

小红鼠回忆着之前与鼠校长的欢乐时光,鼠校长永远挂着一张慈祥的脸,拿着一根大大的棒棒糖。在学校时自己是大错不犯,小错不断,进门垂头丧气,出门欢天喜地。小红的心中感受着甜蜜,有着校长每次都会给的棒棒糖,也有鼠校长对她的关爱。她想着:在校长的心中,我一定是个好孩子。

大懒猫听见了小红鼠的声音,固然,大懒猫也看见了小红鼠的眼泪,哼!他可是冷酷无情的。"呵呵!还真是'泪不断,理还乱'呀!"瞧,大懒猫还真"知识渊博",诗都背错了。

突然吹来一阵风,不如春风的温和,又没有冬风的寒冷。它悄悄吹下一片落叶,落叶起先未动摇,后来又落了下来。叶子似有万分不舍得似的,连飘的样子也是缓而轻。这股风,吹寒了叶子,也吹寒了小红鼠的心。

大懒猫没多说话,也许是不想和一只老鼠白费口舌吧!他迈着满是肥肉的腿,把鼠校长扔进了笼子后走进了屋。

小红鼠四处张望着,咦?那里何时又有了一片爬山虎?小红鼠从来没有注意过。爬山虎在墙上绿油油的,风一吹,像湖面的水波,微微泛起。

小红鼠看到了,在那上面还有个窗子。这时大懒猫走过来了,但是他好像不是很开心呀！都捉了那么多只老鼠了还不开心吗?

　　大懒猫手里拿里一个类似游戏机的东西,他正直勾勾地盯着游戏机。

　　原来,那个类似游戏机的东西是猫国自动识别捉老鼠排名的玩意。大懒猫目前还是没有第一名,只是第二名。大懒猫的眼睛眯成了两道缝,里面透射出隐隐的野心。

成 功 救 危

上回不是说到大懒猫还没完成任务吗,这一周,小红鼠都在做瘦身项目。没错,她只喝了几口水——一天一口水,得抓紧时间呀!

看看现在的小红鼠,已经瘦成一根针了,真该改名叫"金针菇"了。

小红鼠发现在自己的视线里,总会有几颗星星围着自己转,呵呵,那是饿昏了吧! 她天天看到这样一个景象:自己是一个天使,头上戴着金晃晃的光环,光环上还增加了一些装饰——几颗星星和一轮月亮。

小红鼠走起路来像一个醉汉,左摇摇,右晃晃。所有的小鼠都冒汗了,这可怎么办,小红鼠要是真的傻掉了,自己可就失去了一个好朋友呀!

“小红鼠,你饿了吧! 来,今天大懒猫送来了鸡腿,吃一点吧!”小花鼠手拿一个鸡腿,递给小红鼠,这是小花鼠今天自己的午餐。

　　小红鼠好像真的傻掉了,她揉揉眼,看了看鸡腿,哇! 流油喷香,好诱人的鸡腿呀! 小红鼠把手伸向了鸡腿,又收了回来。嗯,我一定不能吃,一吃就长胖,绝对不能半途而废。她凝视了一会儿鸡腿,却又转过了头。

　　小花鼠只是叹了一口气,收回了鸡腿。不过小红鼠却出乎预料地要去了大鸡腿,脸上露出了得意的神色。难道她又想到好主意了?

　　晚上,月亮老早就出来放哨了。

　　小红鼠看看自己,现在应该能过去了吧! 这次,她做足了准备,用鸡腿压出的油抹在头和肚子上,让头和肚子滑溜溜的,像放在水中的滚珠。

　　“一、二、三! 呀!”真奇怪,小红鼠这次竟然十分容易地过去了。她瞅着自己的肚子,轻轻叹了一声,呀! 苦了你了! 孟子说,天将降大任于是人也,必先苦其心志,劳其筋骨,饿其体肤,空乏其身,行拂乱其所为,所以动心忍性,曾益其所不能——哈哈,我就是那个承担大任的人吧! 小红鼠的嘴角露出了一丝笑意,她更加相信自己会成功,会成为一个鼠族中的英雄人物。

半夜,大家都睡着了。

小红鼠偷偷地挪着步子,每走一步都像揪一下自己的那颗小心脏。院子里的灯幽暗地闪着,像极了鬼屋里的场景。猫头鹰的叫声,让人毛骨悚然,让人感觉这个世界都变得冷幽幽的。

小红鼠慢慢靠近门口的保安猫,她仿佛已经能听到自己的心脏发出的声音,犹如地震一样,让她的整个身子都是僵硬的,血涌上脑袋,感觉晕晕的,飘飘的。要镇静,她不断给自己打气,不断安慰着自己。

保安猫的眼光很犀利。而且,在夜里,猫的眼睛本来就是会发光的。(科普小知识:猫的眼睛在夜里会发光,其实是因为猫的眼球最里面的网膜上有一层可以反射放大光线的反射膜,可以将微弱的光线反射放大。)想象一下,黑漆漆的夜里,一个不明物体渐渐朝你走近,它两只耳朵微微晃动着,突然,它发出了银黄色而微弱的光,又缓缓向你靠近——这是多么可怕的一幕。

小红鼠躲在一棵大树后面,探头探脑地正在观察保安猫呢! 那猫精神十足,还在玩手机呢。"看来他今晚是不会睡觉了。"小红鼠小声嘀咕着。

哼,竟然不睡觉,那就用"酒"吧!小红鼠东翻西找,在旁边陈旧的破房子的地下室翻出一个满是灰尘的酒瓶,哈哈,天无绝人之路,机智如我者,舍我其谁?哈哈哈哈。

说干就干,小红鼠拿着酒,走向保安猫,这下脚步都显得自信了很多。

"喂,你是谁?站住!你干吗的?手里拿着什么?"保安猫的眼睛变成了一条直线,胡子像浓墨写的隶体字"一"。

小红鼠笑了一下,迎出一个殷勤脸,嘴角轻轻上扬,眼睛眯成一条缝:"别急呀!猫大哥,这是你们老大叫我给你送的酒,说是庆祝你马上要当上新一任猫警长了!"小红鼠此时脑子飞速地运转着,能瞎扯的尽量瞎扯,毕竟,这样能让保安猫放松一点警惕心。

保安猫转了转那贼溜的眼珠子,哟,老大什么时候这么大方了?我刚才看到他那桌上可是一瓶八二年的拉菲呀。"嗯……好!你把酒放这,帮我谢谢老大!"保安猫的态度瞬间变得柔和,仿佛看着他的不是小红鼠,而是猫老大。

小红鼠听了,窃窃地笑着。

保安猫拿过瓶子,"咕咚咕咚"地直往嘴里灌。"哈,这酒还真不错,哈哈哈……好好喝一杯!"过了半个时辰,他的动作变得缓慢，整个人晃晃荡荡的，最后直接晕倒在了地上，酒瓶歪倚在他的屁股旁边，就像他的好友喝醉了一样。

小红鼠一看，假装大惊失色："哎呀！猫大哥，你是不会喝酒吗？我扶你去厕所。"小红鼠说着，三步并两步地直扑上去。因为只要接近保安猫，就能拿到钥匙了。如今，接近成功的机会就在眼前了。

小红鼠扶着保安猫，麻溜地将钥匙一拉，呀！拿到钥匙了，可以去救大家了！小红鼠兴奋得眼泪都要蹦出来。那些一直紧张关注着小红鼠"表演"的朋友见到此情景，都悄悄共舞着，享受着这美好的时光，整个画面就像在上演一幕让人激情澎湃的哑剧，一部为爱而奉献生命激情的哑剧。

小红鼠挨个把老鼠们都放了出来。鼠妈流出了眼泪，她把脸都哭花了："孩子，我的孩子，妈妈真为你骄傲！"

"小红，谢谢你！"

"小红，你真勇敢！是你救了我们的命啊！"鼠校长颤巍巍地说。

千言万语，此时都不适合去说，小红鼠带着一大帮鼠，悄悄地消失在了夜幕里。

路上，小红鼠瞧瞧瘦骨嶙峋的自己，心想，是该好好犒劳一下这受尽磨难的小肚子了！

感 恩 有 你

许多小鼠都回到了各自的家,但小红鼠仍觉得莫名的不踏实。果不其然,不久,消息又传来:其他的猫也抓了一些小鼠。

小红鼠再次使用自己的绝招:迷魂药。这次,她救出了小水鼠还有自己的叔叔。

瞧! 小红鼠正在和小水鼠通电话:"喂! 小水鼠,安全到家了吧?"

"是的,到了。小红鼠,真是谢谢你。我之前总是排挤你,把你犯的小错向老师告状,而且还添油加醋,说得跟天一样大,太对不起了。我正式向你道歉!"小水鼠说着,鼻子酸酸的,他总感觉自己做错了很多。

"没事啦! 你还不知道我,一只傻不拉叽的红鼠,经常小错不断。反正我们永远都是好朋友嘛!"小红鼠笑着回答,她不想让小水鼠过于愧疚。

"嗯,好朋友! 对了,我妈妈正在做曲奇饼干,今天有空吗? 我带到公园,咱们一起吃!"小水鼠像学过四川变脸般,瞬间哭脸变笑脸。

"不了不了。饼干带到学校吃吧! 要是去公园又被猫发现,可就不好了。咱们最近还是小心点。"小红鼠在电话里叮嘱着。

"好,拜拜! 我还没想到呢,尽想着庆祝了。"小水鼠又笑了,她正闻着饼干的香味呢。

小红鼠长舒了一口气,挂断了电话。不一会儿,叔叔的电话又打来了。"喂,小红,我是叔叔呀!"叔叔鼠的声音带几分沙哑,毕竟是老人家。

"哦,叔叔。您有什么事吗?"小红鼠问道。要知道,近期,小红鼠的电话可多着呢! 照这样下去,电话费都不够了。

"小红呀,叔叔想带点巧克力和咸鱼给你吃,好不好呀?"叔叔虽老了,可脑子还是活溜溜的,怎么安全无误地把东西带给小红鼠,他当然知道。

"好啊!"小红鼠答道。她想巧克力,她可好久都没吃了,而且叔叔绝对不会粗心到再次被猫抓的。半个小时后,小红鼠顺利拿到了巧克力。巧克力有各种各样的形状,爱心形、贝壳形、草莓形……

又到了上学的日子,小红鼠依旧背着书包去学校。她走进了班级,班里突然发出了一阵"哇!"的声音。小红鼠一放下书包,老师就把她叫到办公室里了。

小红鼠犹豫了一下,不会吧?老师叫我有什么事呢?上周的作业,我都有好好写呀!试卷也签字了。到底是因为什么事呢?

小红鼠抓抓头,走进了老师办公室。

"老师,你找我有什么事吗?"小红鼠睁大了眼睛看着老师,她发现老师今天的笑容很慈祥,像春天的第一缕阳光,让人感到格外的温暖。

"小红鼠啊,你可做了一件大事呀!"鼠老师抚摸着小红鼠的头。

小红鼠抬起头望着老师,奇怪了,我做了什么大事,值得老师这样表扬我。对老师来说,不是只有学生考上了好学校,老师才会格外高兴吗?像我这种学生,老师应该不会指望我考上重点学校吧!老师一定有秘密。

"老师,我做了什么大事呀?"小红鼠嘟着嘴,小小的眼里故意充满好奇。

"哎呀！你还没反应过来吗？你可救了许多小鼠的命呢！连校长都给救了,还不算大事吗?"鼠老师牵着小红鼠的手,说着,又从包里拿出一个糖果——这可是特大号的那一种。"来,拿着吃吧,明天校长会向全校公布你的光荣事迹的。"

小红鼠手里拿着棒棒糖,这会儿她才恍然大悟,原来老师说的是这件事啊！不过也是,在笼子里,我连油都不碰,更别说肉了,一下子瘦了这么多。"谢谢老师。"小红鼠向老师道谢。

小红鼠举着棒棒糖,走在回教室的路上。突然,一阵黑影闪过,出现在小红鼠的面前——是一只比小红鼠小三岁的一年级黑色小鼠。

"学姐好……我……我是黑子,能跟你要个签名吗?"小鼠十分胆怯,悄悄拿出笔和本子,不停地颤抖着。

"好啊!"小红鼠接过纸笔。她低下头看黑子,全身乌黑,怪不得叫黑子。在她的印象里,已经多次有人上门向自己要签名了。

夜,如约而至。小红鼠心里亮堂堂的,她决定要好好睡一觉了。

未完待续

今日的风特别潇洒，左一吹，右一摇，把风向标吹得摇头晃脑，吹进了人们的心田，荡起了凡间的快乐。每一只小鼠都神清气爽——今天，校长又要讲话了。

"嘟嘟嘟！嘟嘟嘟——"学校的进操声响起，每一个班陆续来到操场上，校长手持话筒，等待着全部学生到达。

校长今天的着装很特别，平日里穿的都是休闲装，今天却穿了一套整整齐齐的西装。头发也梳得绷直，还擦了摩丝。他穿了一双崭新的皮鞋，好像是抹上了油，看上去"滋滋"发光。

全校师生都到齐了，准备迎接着什么。每一位小鼠都站得笔直，无论是横看还是竖瞅，都是齐刷刷的一排。

校长拿着话筒开始讲话，看上去神采奕奕，精神矍铄：

"老师们，同学们，大家好！……小红鼠舍己为人，饿了整整三周，只为救出我们。让我们以热烈的掌声，欢迎我们的英雄！"

小红鼠听了，马上镇定地跑过去，她没有表现出异常的惊喜。她总认为自己有一天能够这样，并且她一直在期盼这一天。

小红鼠接过话筒，鞠躬致谢，说："老师们，同学们，大家好，我叫小红鼠……"小红鼠如一条在水中畅游的鱼儿，没有表现出任何的拘束。她以一种独特的方式来展现自我。

台下一片掌声，渐渐地，有鼠群开始骚动。

鼠校长又接过话筒，面向大家，激动地说："是呀，作为一名学生，可以做错作业，可以犯错误，因为这些是小孩子的天性。但是，每个孩子都要做到两点。一是勤学努力。孔子说：博学而笃志，切问而近思，仁在其中矣。今天的我们，应谨记他的话，放飞自己的童年，用勤劳的汗水铺就未来的成功之路。"

讲到这里，孩子们发出热烈的掌声。校长顿了顿，把眼睛投向小红鼠，脸上的微笑就像红酒一样灿烂。显然接下去的话题，肯定跟今天的主角小红鼠有关：

　　"但是,学习也是一个方面。伟大的文学家高尔基曾经说,只有我自己才是我的生命和我的灵魂的唯一合法的主人。是啊,我们在追求学习的时候,我们有没有想过,只有做一个独立、担当的孩子,才能成为未来的主人,才能建设好我们的鼠国。这里,我要再一次提到我们的小红,她用自己独特的方式生活着,努力着,担当着……"

　　台下又是一片掌声。

　　小红鼠没有晕晕乎乎,也没有觉得自己高人一等,她暗暗想:成熟和年龄并不等同,只有会承担责任了,才是真正长大。这次,自己承担了责任,挽救了自己的家,也挽救了很多同伴的家,这也许就是责任吧?

　　掌声,鲜花,责任,爱!

　　这就是一座有花、有乐、有爱的品质小国,这是一个充满希望的鼠之小国。

　　也许,在鼠国的某一处,还会发生很多很多趣事呢,所以一切都"未完待续",我们的故事暂时就到这里了。再见!